Misa

暗戀是憂鬱的青色

Crush on You

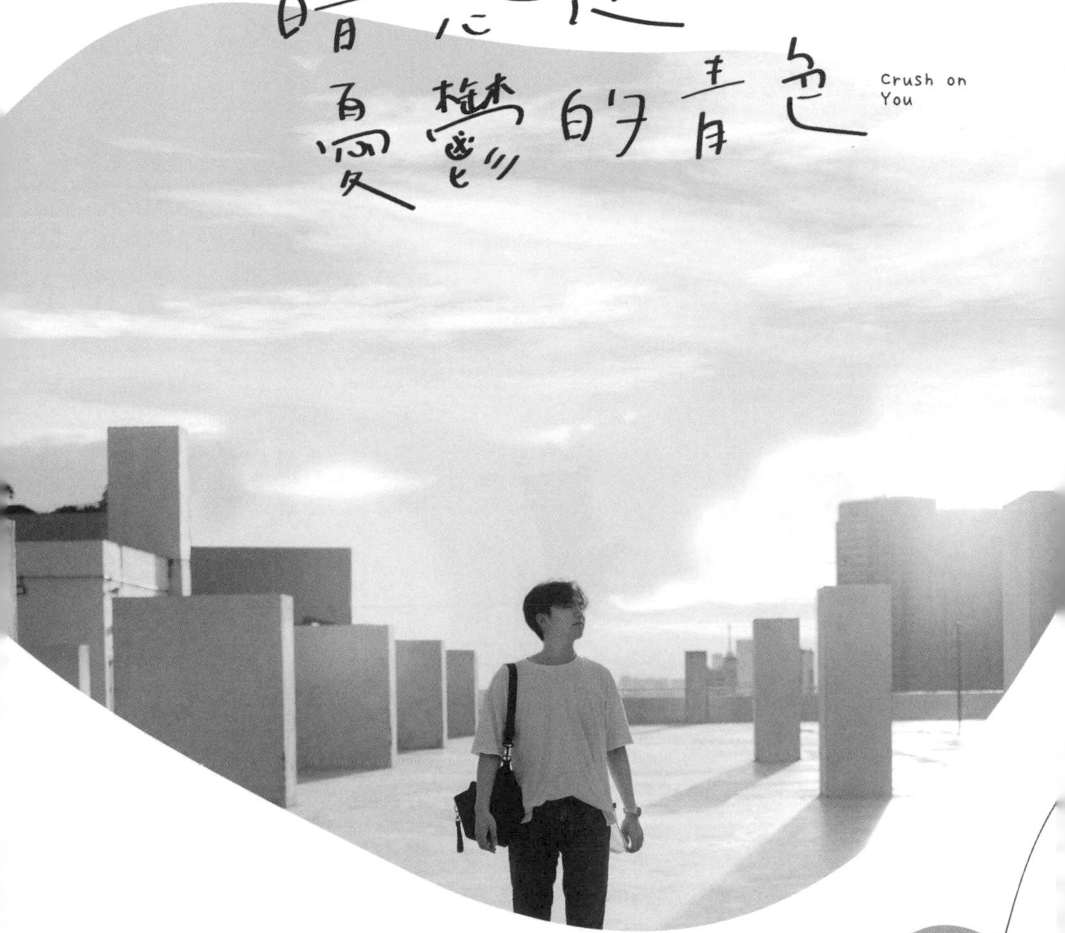

怎樣算是喜歡一個人？
想到那個人的時候，他忍不住笑了，
下一秒卻哭了起來。

楔子

「果然我還是喜歡女生。」

少年的話宛如利刃刺入他的心，只見少年嘴角勾起有些尷尬的微笑，繼續為了自保而說出傷人且自私的話語。

「這樣才是正常的，不是嗎？不管怎樣，我們最後還是要結婚、生小孩，而要做到這些事情，對象都得是女生才行吧。」

他垂下眼眸，那曾經眷戀並親吻的雙唇，如今吐出的一字一句，竟毫不留情地傷害著他。

他到底在奢望什麼呢？

這不是他早就知道的事嗎？

本來就是這樣，本來就會這樣。

對方本來就是喜歡女生的，只是短暫地與他有了交集。

錯亂了，走偏了，所以煞車了，回頭了。

他應該要感恩的，至少他們曾經在一起過。

「嗯。」

所有的苦楚、不安、自責、悲憤，那些無聲的吶喊與控訴，到頭來只能用一個「嗯」字來總結。

「希望你也能早點恢復正常。」

恢復所謂的，正常。

第一章

周夜蒼看著書背上的索書號，皺起了眉頭。

「又是哪個白痴把書亂放……」周夜蒼一邊碎念，一邊俐落地將書籍依順序火速排好，然後推著運書車繼續往下一排書櫃走去。

「呵呵。」

在他將新進的書籍依照索書號分門別類地放到書櫃上時，聽見細微的男女對話聲從窗邊的座位區傳來。

周夜蒼原本微蹙的眉頭更加緊鎖，嘴裡忍不住「嘖」了一聲。

「有人來了……」似乎發現周夜蒼毫不掩飾的不滿，女生用氣音悄聲說著。

周夜蒼還是聽見了，在連走路都算大聲的圖書館裡，用這種方式說話更令人煩躁。

「這裡是圖書館，本來就會有人走動。」相較之下，男生根本沒有要壓低聲音的意思。

「咳。」周夜蒼也沒想給他們面子，直接走到聲音來源處，只見一對衣衫不整的男女坐在角落閱讀區的座位。

校方會在這麼隱密的角落設置閱讀區，本來是爲了提供想單獨念書、不想被打擾的獨行俠使用，沒想到卻變成校園中飢渴男女最佳的幽會地點。

而出現在這裡的女同學每次都不同，男同學倒是挺一致。

「又是你呀，皇甫絳。」

「嘿，也又是你啊，周夜蒼。」

皇甫絳的白襯衫扯開幾顆鈕扣，結實的胸肌若隱若現，他臉上掛著輕佻的微笑，一隻手還伸進女同學的襯衫裡，在她背上輕撫。

周夜蒼斜眼看著女同學坐在皇甫絳的右腿上，其中一隻腳橫跨在皇甫絳的左腿，那姿勢引人遐想。

「滾。」周夜蒼冷眼看著女同學，語氣嚴厲且不帶商量的餘地。

「什麼啊……」女同學噘起嘴抱怨，然後看向皇甫絳柔聲說：「絳，下次再找我喔。」

「同一個女人他不會找第二次，至少我目前還沒見過他帶重複的女生進來這裡。」周夜蒼立刻說。

女同學表情難看，不死心地對著皇甫絳把同樣的話又說了一遍。

「沒聽見人家叫妳滾了嗎？」皇甫絳臉上依舊掛著好看的笑容，說出口的話卻十分無禮且不留情面。

「唔！」女同學羞恥地漲紅了臉，氣得立刻起身離開。

周夜蒼嘆了口氣，又瞪了皇甫絳一眼，「不要把神聖的圖書館當成免費旅館，皇甫集團應該不會連旅館錢都花不起吧？」

皇甫絳聽完哈哈大笑起來，起身將鬆開的褲頭繫緊，並扣上胸前的鈕扣。

看著這一幕，周夜蒼嚥了下口水，動作輕微，讓人不易察覺。

「在旅館哪有圖書館刺激啊。」皇甫絳一手搭上周夜蒼的肩膀，在他耳邊低語，對他咧開嘴角微微一笑，才慢悠悠地穿過書櫃區，走出圖書館。

皇甫絳身上情慾未褪的氣息撫過周夜蒼的鼻尖，灌進他的身軀，令他有些發顫。

直到再也看不見皇甫絳的身影，他抬手撫摸剛才被皇甫絳碰觸過的肩膀，覺得心跳加快，渾身燥熱難耐。

他深吸呼幾次，待壓下身體那異樣的感覺後，準備繼續整理運書車上的書，卻發現皇甫絳待過的座位上遺留了一方手帕。

他上前拾起手帕，原本以爲是那位女同學遺落的，但隨即很快注意到手帕角落的邊緣處，繡著深咖啡色的「皇甫」二字。

周夜蒼一凜，不自覺地握緊手帕，然後放進口袋，裝作沒事一般，繼續推著運書車往前。

當他將全部的書都整理上架後，上課鐘恰巧響起，周夜蒼回到櫃檯內，圖書館老師正在清點尚未歸還書籍的學生名單。

「周夜蒼，今天也辛苦你了，快點回教室上課吧。」

「謝謝老師。」周夜蒼拿起外套，看了一眼新到館的雜誌，發現封面人物居然是知名的大律師皇甫祥，也就是皇甫絳的父親。

他立刻拿起那本雜誌，「老師，我想借這本雜誌。」

「但這本有人預定了……」老師顯得頗爲難。

「我這堂課快速看完，下課馬上拿來還，可以嗎？」周夜蒼有些急，「反正老師現在通知對方，對方也要下一堂下課才能過來拿。」

「也是。」老師看向電腦螢幕，點了一下滑鼠，挑起眉毛，「預定借閱的人是皇甫絳，就在你隔壁班，還是你看完後直接拿給他？」

周夜蒼心頭一震，下意識摸了摸口袋裡那條屬於皇甫絳的手帕。

連皇甫絳都要借這本雜誌，想必裡頭的報導內容很重要？

他看著封面上大大的標題——

皇甫律師團再次出擊，爲青海集團打下漂亮的勝仗

「你認識皇甫絳吧？幫忙拿給他可以嗎？我這裡就直接登記借閱了。」老師又問。

猶豫再三，周夜蒼還是點了點頭，「好，我會拿給他。」

他穿上外套，不動聲色地向老師說再見，便離開了圖書館。他的心臟跳得飛快，手上握緊雜誌，心裡想的卻是口袋裡那似乎隱隱發燙的手帕。

經過皇甫絳的教室前時，周夜蒼努力克制自己往內看的衝動，就跟平常一樣，若無其事地走回自己的教室。

每一次經過有皇甫絳在的地方，周夜蒼都要用盡全力，才能忍住不去看皇甫絳。

回到教室，趁著這堂課的老師還沒過來，他坐在座位上翻開了雜誌。

這期雜誌的封面故事重點放在青海集團的專利授權爭議，而爲青海集團任用多年的皇甫律師團，再一次打出漂亮的勝仗，爲青海集團解決了這項爭議。文末提到了青海集團的內部勢力分布，同時刊登出第一順位繼承者的照片。

從照片看起來，第一順位繼承者還是個小學生。周夜蒼心想，年紀這麼小的孩子，就要被曝光在公眾視線裡，未來更要背負起接掌青海集團的重任，這還眞是他無法想像的豪門世界。

但爲什麼皇甫絳會想看這篇報導呢？畢竟青海集團委任皇甫律師團打贏的官司數

不勝數，雙方的依存關係也是眾所周知。

所以皇甫絳想看的一定不是報導裡的文字。周夜蒼仔細翻看每一張照片，終於找到皇甫絳可能感興趣的部分——皇甫律師團與青海集團執行長北野天仁的合照。

在與北野天仁握手的律師背後，還站著幾名律師，其中有一位就是皇甫絳的母親。

「啊……原來皇甫絳是想見她。」周夜蒼低語。

「想見誰？」

突如其來的聲音讓周夜蒼嚇一大跳，差點因爲身體的反射動作就要把雜誌蓋起來。但是他控制得很好，完全沒有將驚慌失措顯露於外，他慢慢地抬起頭，看著前方轉過身來的女孩。

「妳說什麼？」他維持聲音的平穩。

「我說，你剛才說想見誰？」標準的妹妹頭配上胭粉未施的面容，女孩的長相清秀。

「我剛才沒有說話啊。」

「哼，少來了，我耳朵靈得很。」她低頭看了眼周夜蒼手上的雜誌，皺了皺眉。

「妳耳朵靈是因爲姓袁的關係嗎？猿猴？」周夜蒼似乎是爲了轉移話題，故意拿話逗著對方。

「齁，就說不要拿我的姓氏開玩笑了，『袁晴』這個名字明明這麼好聽。你也不看看自己的名字，夜晚的倉鼠！」袁晴抗議。

這時候老師正好走進教室，站到了講臺上，神態威嚴。

「爲什麼我聽到有人在講話？」

「因爲您有耳朵？」袁晴並不畏懼，還俏皮地回應老師。

全班同學聽了哄堂大笑，周夜蒼也不禁笑了出來。

袁晴轉過頭，對他眨了眨眼，這個舉動讓周夜蒼一愣。

她豎起拇指，輕聲說：「打起精神。」

周夜蒼無奈地輕嘆口氣，原來自己看起來很沒精神嗎？

他將雜誌收進抽屜，此時前方的袁晴傳過來一張紙條。

你還好嗎？

連他都沒發現自己的異常，不，或許就是因爲習慣了這份異常，才會沒察覺到自己正陷入負面情緒之中。

他想在紙條上寫上「還好」，卻又覺得何必說謊，但坦承自己不好又能如何？

最後他只是將紙條摺好，放進筆袋，沒有回覆。

下課時間，袁晴又轉過頭來，皺緊了那雙秀氣的眉毛，故意裝作不開心，「怎麼不回我紙條？」

「我不知道要回什麼。」周夜蒼聳肩。

「怎麼會不知道，就告訴我你的感覺就好了啊。」袁晴屬於打破砂鍋問到底的類型，有時還眞讓人有點壓力。

「我只是……」他停頓了一下，垂下視線，瞥見放在抽屜裡的雜誌，「不說了，我要把雜誌拿給皇甫絳了。」

「喔喔，去吧去吧。」袁晴笑了笑，一手托著下巴，看著周夜蒼動作不自然的背影，忍不住嘆氣。

周夜蒼握緊雜誌，調整好呼吸後，才踏出門口走向隔壁班教室，他站在前門面無表情地往裡頭看去。

皇甫絳的襯衫鈕扣又沒扣好，露出裡頭不該是他這個年紀該有的結實胸肌，加上他稜角分明的五官、比例完美的挺拔身形，他會成爲全校女同學公認的夢中情人，也是理所當然的事情。

而出生在律師世家的皇甫絳也很清楚自己先天的優勢，能爲他帶來比別人更多的關注與吸引力，所以他流連在眾多女性之間，好像也是可以預見的發展。

周夜蒼光是站在這裡望著皇甫絳，就覺得他自帶的光芒已經快讓自己無法呼吸。

更別提看著皇甫絳與女同學們談天說笑時，那狀似親密的肢體互動，更讓周夜蒼的胃一陣翻攪。

沒事的，只是把雜誌交給皇甫絳，完成圖書館老師交代的任務。周夜蒼在心裡這樣想，並不斷給自己打氣。

他放鬆心情，冷靜看向教室裡的皇甫絳，然後對著剛走出教室的一位男同學說：「我找皇甫絳。」

「皇甫絳，外找。」男同學扭頭朝教室裡大喊。

皇甫絳抬頭，見到周夜蒼站在教室外，有些訝異，也有些慌亂，但僅僅一瞬間就壓下這些情緒。他站了起來，傾身對著旁邊的女同學低語幾句，距離之近，嘴唇幾乎都要貼上對方的臉頰。

他雙手插在口袋，踩著不疾不徐的步伐來到周夜蒼面前，渾身散發出來的魅力是其他同齡男生所遠遠不及的。

「什麼事？」皇甫絳懶洋洋地開口。

「這是你預定的雜誌，圖書館老師請我直接拿來給你。」周夜蒼沒看他，伸手將雜誌遞過去。

皇甫絳皺起眉頭，一臉不信，「預定圖書館的雜誌，不是應該等收到線上通知後再自己過去拿嗎？怎麼可能會請圖書館志工送過來？」

「就像圖書館不是你的炮房，你不也這麼做了？」周夜蒼的話裡帶著私心的憤怒。

皇甫絳的臉色更難看了，他緊盯著周夜蒼的臉數秒，然後接過雜誌，「下次我會自己去圖書館拿，你不用特地拿來給我了。」

周夜蒼的心一緊，但表情依舊維持著無所謂的模樣，「不然這本雜誌你也自己去圖書館拿吧！」

周夜蒼伸手抽回雜誌，逕自轉身離開。

「喂……喂！」皇甫絳沒料到周夜蒼會有這樣的反應，下意識地大喊。

然而周夜蒼才不管呢，他頭也不回地往圖書館走，反正依皇甫絳愛面子的程度，大概也不會跟上來。

他一面走著，一面覺得自己實在很可笑。圖書館老師見到周夜蒼又把雜誌拿回來感到頗爲詫異，周夜蒼只好隨便掰了個藉口，「皇甫絳不在教室，而且也不好請其他同學轉交，怕雜誌弄丟，我想了想，還是送回圖書館，依照規定辦理借閱流程比較保險。」

「好吧。周夜蒼你就是太過遵守規則了。」

沒想到會被老師這麼說，周夜蒼微微挑起了眉毛。

「守規則才是對的，不是嗎？」他忍不住反問。從小到大他所接受的教育，不都是教人要遵守規則嗎？

「啊，也是、也是。」老師把雜誌收回去，刷了條碼後，電腦畫面自動跳出預約者的姓名，老師接著送出取件通知。「抱歉，麻煩你了。」

「沒什麼，謝謝老師。」周夜蒼有點後悔自己剛才爲何要這樣回話，帶著懊惱對老師頷首後，就離開圖書館。

走出圖書館大門，周夜蒼遠遠就看見收到通知的皇甫絳正走過來——難得這一次沒有女生在身邊。

皇甫絳看見周夜蒼並不意外，可是他沒打算要和周夜蒼打招呼，直接掠過周夜蒼，打開圖書館的門。

周夜蒼早就習慣了，所以他繼續往前走，準備回教室。

「喂。」

沒想到皇甫絳卻停下腳步，從圖書館門口探出身來對周夜蒼說：「等一下。」

然後他走進圖書館，留下周夜蒼一個人在圖書館前。

隔著玻璃門，周夜蒼看見皇甫絳走到櫃檯領取雜誌，他決定轉移陣地到一旁的樓梯間。圖書館旁的樓梯因爲位置關係，很少有學生經過，他走上樓梯，停在轉角處等皇甫絳。

周夜蒼拿起手機看了一下時間，再三分鐘就要打鐘了，皇甫絳到底要他等什麼？

而他又為什麼要因為皇甫絳的一句話，就真的乖乖在這裡等呢？

不一會兒，皇甫絳走出圖書館門口，左右張望一陣，不是在找周夜蒼，而是在確認周圍沒有人後，便轉身往旁邊的樓梯走上去，也就是周夜蒼所在之地。

周夜蒼並未事先告知皇甫絳自己會等在這裡，但皇甫絳就是知道。他面無表情地走上樓，看見周夜蒼站在轉角的臺階上。

兩個人靜靜地凝望彼此一陣子後，周夜蒼先移開了視線，看向手機螢幕，只剩下兩分鐘了。

皇甫絳沒說話，低頭快速翻開拿在手上的雜誌，沒有去看那篇報導的文字，而是仔細查找照片，最後視線停留在周夜蒼也看過的那張照片上。皇甫絳接著拿出手機翻拍了照片後，便將雜誌遞給周夜蒼。

「還給你。」

「圖書館就在樓下，你自己拿去還吧。」

「你不是在圖書館當志工嗎？」

「請你自己還，剛才我拿給你時，你說與正常流程不符，為什麼現在要我幫忙還就可以？」周夜蒼覺得很不平衡，他握緊拳頭，內心感到既憤怒又委屈。

「抱歉啦！」皇甫絳抓了抓後腦，「這期雜誌對我很重要，想第一時間拿到手，所以看到雜誌在你手上，說話就急了些。」

周夜蒼會這麼生氣，是因爲覺得自己明明是好意幫忙，皇甫絳卻連這都不能理解，誤會他別有用心。

但聽了皇甫絳的解釋，他還是不爭氣地鬆開拳頭，伸手接過皇甫絳遞來的雜誌。

「謝了。」皇甫絳一笑，表情帶著落寞。

周夜蒼驀地心軟了下來，「……你是爲了看你母親的照片嗎？」

「你也看過照片了？」皇甫絳挑眉，下一瞬間了然於胸，「所以雜誌才會在你那啊，你已經先看過才拿給我的。」

周夜蒼沒有回話。

「我知道她有參加那場官司辯護，只是碰碰運氣，看有沒有拍到她而已。」皇甫絳雙手撐在樓梯的扶手上，前傾上身，低著頭，看起來十分沮喪。

周夜蒼見他的模樣像孩子般無助，內心的怒氣在這一刻都煙消雲散了。

他說不出任何話，也不知道該說些什麼，只能伸手拍拍皇甫絳的背，試圖給予一點安慰。

皇甫絳感受到周夜蒼的碰觸，抬起頭看著他，臉上揚起一抹微笑。

接著皇甫絳往上踏了一階，平視周夜蒼的雙眼，伸手用指腹觸碰他的唇，在周夜蒼白皙的臉瞬間紅透的時候，親吻了他。

「唔……」這突來的吻讓周夜蒼全身一僵，一股電流般的酥麻感傳遍全身，他不自覺發出輕微的呻吟。

皇甫絳一隻手扶上周夜蒼的腰，用舌頭撬開他緊閉的牙，輕輕啃咬著他的唇，另一隻手則往他的胸前探去。

周夜蒼用沒拿雜誌的手試圖推開皇甫絳，然而不輕不重的力道卻不足以表達他的堅決。

「我、我不是女的……不要這樣碰我……」

「不是女的也可以。」皇甫絳說完，又繼續親吻著他的唇。

在校園的樓梯間親吻，這樣的刺激感與濃烈的情慾氣息交織，周夜蒼感到身體某處開始躁動難耐。皇甫絳似乎沒有打算停止，他的手甚至拉開周夜蒼紮進褲腰裡的襯衫，想要直接觸碰周夜蒼的肌膚。

「等、等……」

「我知道你一直在看我。」皇甫絳用眼神示意自己未扣緊的襯衫下，那若隱若現的胸肌。

「我、我沒有！」周夜蒼紅著臉反駁，卻毫無說服力。

「啊……你眞是……」皇甫絳再次吻上周夜蒼的唇，在他的舌尖纏繞著，手掌也毫無阻礙地一路滑上周夜蒼的胸前，就要觸碰到那立起之處時……

鐘聲驀地響起，兩個人都被嚇了一跳，也打斷了這幾乎快一發不可收拾的慾念。

周夜蒼急忙穿好衣服，而皇甫絳用手背擦去唇邊殘留的水漬，他看著周夜蒼通紅的臉，那樣的豔紅彷彿蔓延至他的整副身軀。

「我先下樓，你晚一點再出來。」皇甫絳撇過頭，臉上重新換上了那該死的冷酷表情，沒等周夜蒼答覆，便逕直往樓下走。

待腳步聲遠去，周夜蒼像是全身的力氣頓失，連手指都握不住雜誌，整個人跌坐在樓梯上。他喘著粗氣，想著方才的一切。

他和皇甫絳，是怎麼走到這一步的？

✦

周夜蒼年紀還很小的時候，就知道自己跟一般人不一樣。

他沒有忽然覺醒的那一天，也沒有和女生交往後，才發現自己原來喜歡男生那種曲折離奇的過程。

就像是在出生時就註定好了一樣，本來就會發生的必然。

在他意識到「喜歡」的心情是什麼之前，也曾摸索過一小段時光。

周夜蒼對女生普遍喜歡的化妝、保養並不特別感興趣，也不喜歡可愛或浪漫的東西，更不曾有過希望自己是個女生的念頭。

他喜歡的東西很平常，看書、看電視、聽音樂，跟一般人沒什麼不同。

只是他喜歡的人，都是男生。

他記得小學時，有一次男生們聚在一起打躲避球，集中火力攻擊的目標是班上最可愛的女生，因爲他們想把女生惹哭。

但周夜蒼不覺得那有什麼好玩的，所以拒絕了這項提議，丟球時並沒有刻意瞄準那個女生。

這件事當然被那個纖細敏感的女生發現了，而她也堅強地沒有哭，反倒狠狠地回擊了其他男生。

「你很不合群耶，周夜蒼！」當時班上的領頭人是留著小平頭的男生，他皮膚黝黑，五官立體，身材也比同齡男生高大一些，是個小帥哥。

班上的帥哥，喜歡班上可愛的女生，似乎理所當然。

「說好了要弄哭袁晴，結果你居然幫她，你是不是喜歡她？」

小平頭帥哥叫做林佑一，他想弄哭袁晴也沒什麼特別的用意，僅僅是出於小男生的幼稚心理，總想惹哭自己喜歡的女生罷了。

「我才沒有喜歡她。」周夜蒼看著眼前的林佑一，「我比較喜歡跟男生玩。」

「那你幹麼不一起弄哭袁晴？」林佑一問。

「因爲我不想。」

「你這樣不就是喜歡她嗎？」

「我才沒有喜歡她，我比較喜歡你。」

周夜蒼說出這句話時，單純只是覺得比起女生，他更喜歡跟男生在一起。

雖說青春期前都會有一段時間比較喜歡和同性玩在一起，但那時的周夜蒼還無法分辨這種「喜歡」是哪種喜歡。

總之，聽到這句話的林佑一做了個鬼臉，其他男生也跟著哈哈大笑，他們都認爲周夜蒼在開玩笑。

「我是說眞的，我比較喜歡跟男生在一起。」

「這種話特地講出來好噁心。」

「如果我說喜歡跟女生在一起，不也很噁心？」

「哈哈哈哈，也對，所以都很噁心！」

男生們笑成一團，後來大夥兒玩在一塊，這件事便不了了之。

不過女生的想法可不同，袁晴接收到的訊息是——周夜蒼喜歡自己，所以故意和班上的男生唱反調，不在玩躲避球時刻意瞄準自己。

加上周夜蒼皮膚白皙、身形纖瘦，搭配憂鬱的眼神和柔順的髮絲，整個人散發出宛若白馬王子的氣質，早就迷倒一群小女生。

在一次換座位的時候，袁晴湊巧被分配到坐在周夜蒼旁邊，她決定把握機會，讓這位白馬王子能更加傾心於自己。

「之前玩躲避球，你沒有和其他男生一樣刻意攻擊我，謝謝你耶。」袁晴興高采烈地向周夜蒼搭話。

「嗯？喔，不客氣。」周夜蒼心不在焉地回應著，眼神卻落向和袁晴坐在同一排最前面的位子上。

林佑一就坐在那個位子。

「對了，我這禮拜過生日，家人爲我舉辦了生日派對，大家都會來，你要不要也來參加？」

對於袁晴的邀請，周夜蒼想也沒想就答應了。

在他的認知裡，「大家」就是「全班同學」的意思，大家都去的話，自己理所當然也應該參加。

但是到了週末，當周夜蒼帶著禮物來到袁晴家，才發現她所謂的「大家」，是指全班的女生。

儘管只有他一個男生出席袁晴的生日派對，他們還是度過了一段愉快的時光，吃了好吃的蛋糕，拍了很多照片。

雖然有幾個女生認爲，周夜蒼單獨來參加袁晴的生日派對，這個舉動意味著什麼不言而喻，但她們也只是在心裡想想，並未多言。

不過當照片沖洗出來在班上傳著看的時候，看到照片的林佑一卻直接找上了周夜蒼，「你不是說不喜歡袁晴，爲什麼還去參加她的生日派對？而且只有你一個男生。」

「她說『大家』都會去，我以爲全班都會去才答應的。」周夜蒼老實回答。

林佑一聽了反而一時不知道要說什麼。

「……所以你眞的不喜歡袁晴嗎？」

看著林佑一微紅的臉和緊張的神態，周夜蒼終於遲來地明白林佑一話中的「喜歡」是什麼意思了。

大家一直在起鬨說林佑一喜歡袁晴，雖然每次林佑一都笑笑地帶過，一副沒這回事的樣子，但原來他是眞的喜歡袁晴啊。喜歡到會找假想情敵私下聊聊，喜歡到會臉紅，喜歡到會雙手激動地握拳……

一股無以名狀的酸澀感自周夜蒼的內心深處湧上。

「不喜歡。」周夜蒼的聲音有些沙啞。

「原來如此！」林佑一露出笑容，看起來開心極了，「所以就算袁晴喜歡你，你也不會跟她交往囉？」

交往？我們才小學，談這個不會太早嗎？周夜蒼這樣想著，可他沒有回答，只是搖頭。

「好吧，那就沒事了。」得到周夜蒼的承諾後，林佑一頓時綻開笑容，伸臂勾上周夜蒼的肩膀，貼在他的耳邊說：「那我們等一下一起打躲避球吧。」

林佑一的氣息噴吐在周夜蒼的耳廓，他顫了一下，有什麼難以言喻的情感正在滋長。

林佑一的碰觸、吐息和聲音，使得周夜蒼心跳加快，他不敢直視林佑一，連身體也變得僵硬。

周夜蒼反射性地用力推開林佑一，往後退了一大步。

林佑一不明所以，他看著周夜蒼：「怎麼了？」

「我、我要去廁所，等一下再去找你們。」

「好吧，你快點啊！」林佑一不加思索地說完，就朝球場跑去。

林佑一一離開，周夜蒼立刻彎腰，雙手遮住褲襠處，以一種怪異的姿勢，一路跑向廁所。

沿途他都要小心翼翼以防被路上的同學看出自己的異樣，他羞愧地低著頭，感覺眼淚都要流出來了。

好不容易跑到廁所，周夜蒼立刻衝進隔間裡面將門鎖上，脫下褲子才發現，內褲居然濕了一片。

「爲什麼會這樣？」周夜蒼不明白，這種事他過去只在早上起床時經歷過，這次卻在學校發生了。

而且就在林佑一碰觸他之後。

他羞愧地狂抽了幾張衛生紙，將內褲上的液體擦拭乾淨，同時間眼淚也奪眶而出。

就在這時候，周夜蒼領悟到，自己所謂的「喜歡」男生，不是同性好友間的喜歡，而是感情上的喜歡。

不過他並沒有太多震驚，只是忽然理解了很多事，如果是他的性取向是男生的話，那一切就都說得通了。

周夜冷靜地把內褲清理完畢，將衛生紙丟進馬桶，按下沖水鍵，再用手背抹去臉上的淚水。

即便當時的他只是個國小學生，他也明白，這樣的情感在社會中是奇怪的。

所以當他告訴男同學，自己比較喜歡跟男生在一起的時候，儘管他們以爲他是在開玩笑話，還是笑罵了他一句「噁心」。

他能想像，要是自己向林佑一表白，對他說：我喜歡你，就跟你喜歡袁晴一樣，將會招來怎樣的輕視與謾罵。

因此他決定把這份情感也一併丟進馬桶，讓它順著水流沖掉。

後來，他沒有去球場，而是去了保健室，宣稱自己身體不舒服，在床上躺了一節課後才回到教室。

「你還好嗎？」那時候袁晴的座位就在他旁邊，她擔心地問：「老師說你人不舒服，去保健室休息。」

「喔，沒事。」周夜蒼簡短回道，同時他注意到前方的林佑一扭頭望了過來，像是在偷偷觀察他與袁晴的互動。

林佑一臉上帶著明顯的焦急與關心，周夜蒼看著這樣的林佑一，一時有些恍惚，他當然知道，那些焦急與關心不是給自己的。

「如果不舒服要不要回家休息呀？還是打電話請你媽來接你？」袁晴又說。對於一直關心周夜蒼，袁晴自己也覺得有些害羞，臉頰漸漸紅了起來。

「沒關係！」周夜蒼一口回絕。

「喔……」雖然周夜蒼沒有凶她，他斷然的語氣但還是令袁晴瑟縮了下，不再發問。

周夜蒼靜靜地低下頭，拿出課本翻看。

袁晴感到很疑惑，大家不是說周夜蒼喜歡她嗎？怎麼周夜蒼的反應一點也不像喜歡她的樣子？還有，他剛才跟自己說話的時候好像有點心不在焉，眼睛不斷往某個方向瞟，他到底在看什麼？

袁晴往方才周夜蒼注視的方向看去，卻只看到班上的同學們，並沒有什麼值得關注的事物。

「喂，周夜蒼！你剛剛是怎樣了？怎麼會突然去保健室？」此時林佑一轉過頭對著周夜蒼喊，還不時偷覷袁晴的反應。

周夜蒼把林佑一的舉動看得一清二楚，他心裡悶悶的，意識到自己喜歡林佑一的那一刻起，也就註定了自己一定會失戀。

喜歡的人不喜歡自己，沒什麼了不起。

喜歡的人喜歡的不是自己這個性別，才讓人難過。

「沒什麼。」周夜蒼簡短回應，又低下頭死盯著課本，無論林佑一怎麼喊，他都不再抬頭，直到那堂課的老師進入教室。

周夜蒼的淚水再次湧出，滴落在課本上，他立刻用拿筆的右手掩蓋住淚痕，佯裝沒事。

然而，這一幕卻被袁晴看在眼裡。

第二章

「周夜蒼，圖書館現在還缺人嗎？」

高中數學課簡直是地獄般的存在，好不容易捱到下課，袁晴再次轉過頭來，對著周夜蒼問。

「妳有話直說吧。」周夜蒼嘆氣，盯著袁晴靈巧的雙眼。

「嘿嘿，你和皇甫絳怎麼了嗎？」袁晴壓低聲音，還特別以嘴型無聲說著「皇甫絳」三個字。

「就……那樣啊。」周夜蒼有點不知道該怎麼回應，「妳不要在教室裡問我這種事。」

「所以我才問你圖書館有沒有在徵人啊！」袁晴眨眨眼。

「圖書館目前不缺人，況且在圖書館更不能問，那裡很安靜。」

「是很安靜啦，但皇甫絳不是很喜歡帶女生去那裡嗎？這不是祕密了，女同學們都知道。大家甚至還說，如果想和皇甫絳來一發，就到圖書館站點。」

「什麼來一發……妳是女生欸，講話怎麼這樣。」周夜蒼頭有點痛。

「在你面前我為什麼要裝？」袁晴笑了兩聲，視線突然移向教室外，「欸欸，他經過了！」

周夜蒼以為她說的是皇甫絳，立刻轉頭，只見一個平頭的男生，汗流浹背渾身黏呼呼似的，喝著礦泉水從教室外的走廊經過。

「他今天也好帥呀～」袁晴雙手交疊放在臉頰邊，一臉陶醉地望著平頭男生。

「他跟妳以前喜歡的類型差很多。」周夜蒼打趣著。

「哪有？我以前喜歡什麼類型？」袁晴不解地問。

周夜蒼坐正身體，用食指比了比自己，這讓意會過來的袁晴先是愣了一下，接著大笑起來。

「哈哈哈哈，好啦，就當作我以前稍微喜歡過你好了，但那都是誤會，OK？」

袁晴沒控制好音量，班上的人都聽見她說的話，不過同學們只是互相看了一眼，便繼續做自己的事情。

畢竟全班都知道袁晴和周夜蒼的感情很好，雖然很多人懷疑他們是不是有超友誼的情愫，然而雙方都否認到底，所以大家也就只想著，反正他們總有一天會在一起。

此時，路過的平頭男因為教室內的聲響而轉頭向裡看，正巧與袁晴和周夜蒼對上眼。

平頭男朝周夜蒼頷首，周夜蒼也點頭回應後，平頭男便繼續和他棒球隊的朋友們大聲喧嘩著往隔壁教室走去。

袁晴一臉淒慘，「他剛剛是不是聽到我說的話了？」

「妳說話本來就要小聲一點。但我想他大概聽不太清楚，就算聽到了也不會放在心上，因爲他根本不知道妳是誰。」

「你好毒！！」袁晴怪叫。

✦

周夜蒼和袁晴的緣分從國小開始，因學區的關係，兩個人不僅讀同一所國中，還分在同一班，但是連高中都考上同一所，甚至又同班，這樣的關係在一般人眼裡，就是命中註定的青梅竹馬。

然而他們兩個並不是那種浪漫的關係。

小學時，袁晴以爲周夜蒼喜歡自己，因此對他有些在意。後來從她注意到周夜蒼看著林佑一後卻哭了的那堂課開始，她便觀察著周夜蒼。

袁晴凡事實事求是，不隨便猜疑，也不會妄下定論，所以她花了很長的時間觀察。

升上國一，她和周夜蒼、林佑一又恰巧在同一班。那時候的林佑一已經不太會對喜歡的女生惡作劇，相反的，他變得早熟且貼心，總是格外照顧袁晴。

而周夜蒼的心依舊在林佑一身上。

他們三個人的相處模式，在外人眼中看來，無疑是兩男一女的三角關係。

林佑一本人也是這樣覺得。

所以他私下又找了周夜蒼，像以前一樣，問他是不是喜歡袁晴。

「當然沒有。」這一次，周夜蒼已經不是那個會直接回答「我喜歡的是你」的天眞孩子了。

「但是袁晴好像喜歡你。」面對長得更加帥氣的林佑一，周夜蒼光是看著他，就覺得燥熱難耐，那瘋狂跳動的心更讓他幾乎要拋下理智，想大吼、想哭泣、想要抱著林佑一。

他想告訴所有人，他喜歡林佑一。

「她沒有喜歡我。」

「你怎麼能確定？」

「我就是確定。」

「可是她時常看著你。」

「她沒有在看我。」周夜蒼說著違心之論，因爲他確實發現袁晴常常看著自己，但他沒有探究那眼神背後的意義。

「那你答應我，如果袁晴跟你告白，你不會答應她。」

「她如果跟我告白，我不會答應她。」這樣的承諾對周夜蒼來講一點也不難，而林佑一見到他如此乾脆，那鬆一口氣的模樣，反倒讓周夜蒼比較難過。

「如果是你呢？」周夜蒼反問，「如果袁晴跟你告白呢？」

「我當然會答應啊！我喜歡她這麼久了耶！」林佑一雙手叉腰。

「那你……你喜歡我嗎？」

「什麼？」林佑一對這突如其來的問題表示不解。「你在說什麼啊？好噁心喔。」

看著林佑一發自內心嫌棄的表情，即便他不知道周夜蒼的戀慕，但光是這樣的回應，已經讓周夜蒼明白，要是他真的將自己的感情說出口，會換來怎樣的羞辱。

「我只是想說，幾年前還說著跟女生在一起很噁心的人，現在已經想交女朋友了。」所以周夜蒼改變了話題，「難道你已經不喜歡我們這些男生朋友了嗎？現在只想跟女生在一起？」

「嚇死我了。」林佑一用力推了一下周夜蒼，然後笑了出來，「你知道我們的國小同學阿民也交女朋友了嗎？」

「是嗎？大家還真噁心。」周夜蒼笑著回應，卻覺得心如刀割。

他和林佑一勾肩搭背地走回教室，周夜蒼在這份碰觸中感到痛苦卻也有些竊喜。

袁晴正和朋友在位子上聊天，看見他們回來後，便走了過來。

「周夜蒼，你有空嗎？跟我來一下。」

周夜蒼點點頭。

袁晴走回位子，拿了一袋東西。

林佑一緊張地對周夜蒼說：「不要忘記你剛才答應我的事！」

「我知道。」

周夜蒼隱隱感覺袁晴並不是要告白，可也說不上來她要做什麼。

他跟著袁晴走出教室，來到走廊末端，袁晴確認四周沒有其他學生後，便神神祕祕地把手上的袋子交給周夜蒼。

「這個，我覺得很好看，推薦給你。」袁晴說話的同時，雙眼一直盯著周夜蒼的臉，「記得，回家再看。」

「這是什麼？」

「就說了回家再看！」袁晴阻止了周夜蒼想打開袋子的衝動，「然後也要小心，不可以讓其他人看到。」

「裡面到底是什麼？這麼神祕。」周夜蒼搖晃著袋子。

「幾本書而已。反正你記得，不能讓別人看到袋子裡面的東西，知道嗎？」袁晴的表情很認真。

「嗯。」周夜蒼也很認真地點頭回應。

待兩個人回到教室，班上的同學開始起鬨，問著兩人剛才發生什麼事，有誰告白了嗎？還是互許終身了呢？

林佑一沉著臉坐在位子上，看起來焦急萬分。

周夜蒼回到座位，快速地把紙袋塞進抽屜裡，用嘴型無聲地跟林佑一說：沒事。

同一時間，袁晴也對班上男生喊：「你們這些笨蛋，什麼事情都沒發生啦！不要在那邊亂猜！」

因爲雙方都否認了，大家便沒理由繼續鬧下去。林佑一也鬆了口氣，笑著對周夜蒼比了個讚。

那天回家後，周夜蒼打開紙袋，裡面放著兩本漫畫。

「這是什麼……」周夜蒼看著兩本風格不同的封面，其中一本是兩個男生牽著手走在路上，手裡還分別提著購買的東西。

而另一本的封面較爲煽情，一個裸著上身的男子紅著臉，另一個男生則從後方環抱住他，並用舌頭舔著他的脖子。

袁晴怎麼會給自己這種書？

不過這種類型的漫畫，周夜蒼倒是第一次看到。

他坐在書桌前翻閱起來，一本是清水類型的戀愛故事，描述失業的男人遇見小他好幾歲的男大生，兩人年紀差距雖大，卻在生活中彼此需要，最後慢慢走在一起。

而另一本則是描述在交友軟體約炮的男人，從肉體關係出發，最後主角兩人共結連理，中間有大量裸露又煽情的床戲，讓周夜蒼彷彿打開新世界的大門。

翻閱的過程中，他發現漫畫裡夾了一張便條紙，是袁晴放的。

你也一樣嗎？

這讓周夜蒼心跳漏了一拍，雖然知道袁晴一直都在觀察自己，但是他明明隱藏得很好啊，怎麼會被發現？

除了袁晴以外，還有誰也發現了嗎？

林佑一說著噁心的面容出現在他的腦中，周夜蒼倏地覺得呼吸困難，他不要別人知道，也不想讓人知道……

他很快冷靜下來——如果有其他人知道，袁晴就不會偷偷摸摸把這些漫畫交給他，還隱密地把紙條夾在漫畫裡。

周夜蒼捂住臉，從指縫中望著那張便條紙，最終還是寫上了答案。

是。

後來發生的事情十分戲劇化，當周夜蒼將漫畫帶到學校準備還給袁晴時，不小心被班上同學撞了一下，漫畫直接從袋子裡掉出來，那情色的封面映入大家眼簾。然後有人發現封面是兩個男生，大家開始發出奇怪的聲音，甚至有人說出：「周夜蒼，你是同性戀喔？不然怎麼看這種漫畫？」

這只是一句玩笑話，明明只要笑笑地帶過就沒事了，可是當下周夜蒼卻渾身無法動彈僵在原地，愣愣地看著地上的兩本漫畫。

要是紙條掉出來怎麼辦？

要是他的回覆被看到了怎麼辦？

要是大家知道他喜歡林佑一怎麼辦？

要是爸媽知道了、要是老師知道了、要是同學排擠他了、要是林佑一和他斷絕關係了……一堆假設性的問題瞬間塞滿他的腦袋，讓他不知道該如何是好！

「等一下，是眞的嗎？」

「你眞的是同性戀？」

結果因爲他的沉默，讓原本只是開玩笑的同學們，無一不露出震驚的表情。

周夜蒼很想大聲反駁，這只是袁晴借他看的書！他才不是同性戀！

但書裡面有袁晴的便條紙，而且他還回答了，要是被打開的話……怎麼辦？

周夜蒼腦子裡亂成一團，他下意識地看了林佑一一眼。

他心想，要是被林佑一知道他真的是同性戀，那以前說「喜歡他」的那些話，林佑一會不會聯想在一起？會不會也覺得他很噁心？

那一眼實在太過明顯，林佑一馬上往後退了一步，露出難以置信的表情，「什、什麼啊，難道……」

「才不是！周夜蒼正在和我交往，那是我借給他，強迫他看的！」意想不到的是，袁晴居然站到周夜蒼面前，擋住那些不友善的視線，說出了驚人的宣言。

「什麼？」

「真的假的？」

「我早就懷疑了。」

「但是林佑一他……」

此時林佑一站起身朝他們走來，掠過袁晴看著周夜蒼，滿臉震驚：「是真的嗎？」

林佑一感受到了背叛，周夜蒼竟然欺騙了自己。

袁晴轉頭看著周夜蒼，她的表情像是把一切的決定權都交給他一樣。

在周夜蒼的眼中，這些人群逐漸變成黑色的人影，大家彷彿都帶著嘲笑的表情，幸災樂禍地等著看他出糗。

他喜歡同性，他並沒有錯。周夜蒼在內心想著，但是握緊的雙拳，咬牙說出的話卻是：「對，我和袁晴正在交往。」

聽到周夜蒼的答案，林佑一瞬間火氣上湧，漲紅了臉，轉身離開時還踢翻了一旁的椅子，氣沖沖的模樣讓全班都嚇了一跳。

眾人都知道林佑一喜歡袁晴，也知道周夜蒼是林佑一的好朋友。

這下子，周夜蒼變成了搶走好朋友喜歡的人的壞人了。

「我剛才那樣是不是太多事了？」袁晴和周夜蒼來到空教室前的走廊，看著提袋裡的漫畫，「我是不是也不該把這個漫畫借你？」

「爲什麼妳剛才要那麼做？」周夜蒼看著樓下的中庭，林佑一和班上幾個男生正在那裡打球。

「我不是在漫畫裡夾了張便條紙嗎？我想你可能會回應，而那回應你或許不想被別人看到……」袁晴囁嚅地說。

「爲什麼妳會覺得我的回應不想被別人看見？」周夜蒼側過頭看著袁晴，「妳已經預設了我的答案嗎？」

「嗯，不然我爲什麼要借你那種漫畫？」

周夜蒼輕輕地嘆氣，「妳是怎麼發現的？我明明隱藏得很好，不是嗎？」

「因為……國小的時候，大家都說你喜歡我，所以我也覺得有一天你會跟我告白吧。所以我變得很在意你，時常偷看你、觀察你，卻覺得你對我的態度不像那種『喜歡』。」袁晴握緊紙袋的提把，「我發現你更常看著林佑一。加上我看過姊姊的這些漫畫……所以我……」

「所以妳國小時就發現了？」

「嗯。」袁晴點頭，她是在自己喜歡上周夜蒼後，才發現周夜蒼的心不在自己身上。

她把失戀的情緒轉變成好奇，如果像她這樣只是淡淡地喜歡著對方，都能感受到失戀的難過，那周夜蒼的心情不就更加難受嗎？

「我想說的是，如果你需要一個人傾聽祕密，我可以當那個人；如果你需要煙霧彈，我也可以當那個煙霧彈。」

袁晴這些話讓周夜蒼感到十分驚訝，「為什麼？這對妳沒有好處吧？」

「不需要好處！我就是想這麼做！」

袁晴大聲地回應，她從那些BL漫畫中，感受到主角們單純的愛情、痛苦的掙扎、渴求認同的急迫，以及無人知曉的孤寂。

既然她在現實的世界裡遇到了有著類似情況的人，她便決定當周夜蒼的朋友以及支柱，她想讓周夜蒼明白，他並不孤單，並不是大家都會排斥這樣的人。

「他們還太小，所以很幼稚。」袁晴看了一眼底下的男生們。

「我們不都是同年紀的嗎？」周夜蒼一笑，眼眶逐漸濕潤。

他和袁晴一直以來都稱不上熟悉，所以不明白爲什麼她會站在自己這邊。

這個年紀的女生，應該會想把這種事情當成課間的八卦，利用辛辣的話題讓自己成爲女生們的中心人物才是。

「妳應該不會喜歡我吧。」

說出這句話並不是周夜蒼自戀，而是想提醒袁晴，喜歡自己是不會有結果的。

「早就不喜歡了。」袁晴哼了一聲。

接著兩人對視，笑了出來。

這就是周夜蒼和袁晴成爲好朋友的始末。

而林佑一至此不再和周夜蒼往來，班上的男生也沒有特別找周夜蒼麻煩，大家就這麼相安無事地到了畢業。

後來袁晴和周夜蒼考上同一所高中，幸運的是，國中同學並沒有人考上這所學校，所以他們不必再假扮成情侶了。

「如果你喜歡上誰，一定要跟我說喔。」高一剛開學的時候，袁晴不忘叮嚀周夜蒼。

「特意說很彆扭，而且我已經做好心理準備，這輩子都不要談戀愛了。」

「幹麼這麼悲觀？你一定很快就會遇到你喜歡他，他也喜歡你的對象。而且啊，就算高中沒遇到也沒關係，大學肯定會有的！大學再沒有，出社會總會有吧！要是眞的都沒有……」

「就怎樣？」周夜蒼看著袁晴苦惱的表情，不禁失笑。

「就去約炮。」

沒想到袁晴居然語出驚人，周夜蒼差點被自己的口水嗆到。

「我覺得妳不要再亂看妳姊姊買的漫畫比較好，老是說出一些奇怪的話。」

「才不會奇怪呢，年輕的男生不是光和女生稍微靠近一點，就會有性衝動嗎？那如果兩個男生，互相都有感覺，應該也會產生性衝動吧？」

「袁晴，我要禁止妳再看任何奇怪的東西，也禁止妳假冒十八歲，按下『我已滿十八歲』的按鈕。」周夜蒼搖頭。

「又沒關係，我們是好朋友耶，討論這個又不會怎樣！」

「我們才十六歲，才高一耶。」

「你怎麼說一些好像我爸會講的話，哼。」袁晴雙手叉腰。

「妳啊！還是把我們的話聽進去比較好。」周夜蒼用食指戳了一下袁晴的額頭。

那時候的周夜蒼，的確放棄了談戀愛這件事。

所以他壓根沒想到，高二的他會和皇甫絳發展成那樣的關係。

然而那又代表什麼呢？

只是另一場無盡痛苦的深淵罷了。

✦

青蘭高中最知名的不是師資，也不是升學率，更不是貴族學校，而是它擁有全臺灣高中最大的圖書館，不僅藏書豐富，更有著限制十八歲以上才能觀看的書籍。所謂的十八禁書籍，不單單只限於色情、暴力等，有些書籍是能夠從中學習到很多東西。

但不是人人都可以借閱十八禁的書籍，借閱前必須先向圖書館老師申請，閱讀完後還得寫一份簡易的心得報告交給圖書館。

因爲很麻煩，加上現在網路發達，所以眞正借閱這類書籍的人並不多。

周夜蒼的興趣便是下課時間來到圖書館，甚至連午休時間也會泡在這裡看書，因此和圖書館老師也變得熟悉。

某天，他無意間發現十八禁書籍中，有一本書是關於青春期男女的性解析以及性取向剖析，便興起了想要閱讀的念頭。

可是一直以來他所借閱的書籍都是文學小說、自傳、歷史故事等，忽然借了一本完全不同類型的書，圖書館老師會不會覺得很奇怪，這讓他有些猶豫。

於是，他便拜託了袁晴。

「蛤～為什麼要我去借？我不看書的啊！」袁晴怪叫著。

「反正妳對那本書一定也會有興趣，就當作是妳要借，然後我先看這樣呢？」

「為什麼會認定我有興趣，你這樣是偏見喔！」

「妳一天到晚把色情的東西掛在嘴上，說沒有興趣騙鬼喔。」

「我是喜歡從色情的角度去看，沒想過要從學識方面來切入，這完全不一樣啊！除非圖書館有什麼肉多的BL漫畫再說。」

「妳喜歡看故事裡的人物胖胖的喔？」

袁晴翻了白眼，懶得和他解釋「肉多」的意思，隨即嘆氣，「好啦，我去借，但你欠我一次，記得喔。」

「嗯嗯，拜託妳了。」

周夜蒼和袁晴一起來到圖書館，他等在門外。幾分鐘後，袁晴走出圖書館，手中拿著那本書。

「好在我平常成績優異，圖書館老師才會相信我說的『學術研究』，答應把這本書借給我。」袁晴一臉得意，「喏，給你。」

「謝啦！」周夜蒼笑了下。

袁晴搖頭嘆氣，「眞是可惜，如果你哪一天喜歡上女生，一定要第一個讓我知道。」

「嗯。」周夜蒼下意識反應。

「唉，長相明明就是我的菜。」袁晴半開玩笑，勾上周夜蒼的手臂，「別擔心，我不會笨到去喜歡一個不會有結果的男人。」

「知道就好。」周夜蒼如此說著，打開了那本書。

「但這本書到底寫了些什麼，讓你這麼感興趣？」

「性取向剖析。」

「你對自己的性取向有疑慮？」

「不是，我只是好奇這本書會怎麼寫我們這樣的人。」

「哪有什麼這樣那樣的分別，不就是喜歡上一個人而已嗎？」袁晴的語氣理所當然。

周夜蒼笑了下，有時候她的話，總是能在無意間讓他的心溫暖不少。

「其實我覺得不需要看這些書耶，那些學術研究又如何？自己的心只有自己最清楚吧。」袁晴瞥了一眼封底的文案，覺得都只是紙上談兵罷了，「你對誰有性衝動，就是最好的證明啦！」

「我就是不想被妳這樣說。」周夜蒼學袁晴翻白眼，「妳BL漫畫少看一點吧。」

「哼，我覺得BL漫畫很有參考價值。」袁晴身爲BL漫畫支持者，才不管那是不是美化過後的世界呢。

「妳是喜歡BL漫畫，所以才對我有興趣的嗎？」

「這樣說就太傷人了，我是因爲BL漫畫，所以才明白同性戀愛這回事。你可能認爲BL作品很沒營養，但不可否認其中也有很多情感描述，會讓人心臟彷彿被捏緊般喘不過氣啊！」

雖然很不想認同袁晴的話，然而在周夜蒼看過爲數不多的BL作品中，確實也有一些帶有文學色彩，甚至戳中他的心的故事。

不過這句話他死也不會告訴袁晴，否則就會被她逼迫看更多BL漫畫。

「話說回來，我幫你借這本書，你就欠我一次，記得喔。」

「我知道啦，妳要做什麼？」

「嘿嘿。」袁晴的笑容讓周夜蒼有種不好的預感，「來當我社團的模特兒！」

「我拒絕！」

「不能拒絕！你已經答應欠我一次了。」

「我現在反悔了，妳把書拿去還吧。」

「沒有這回事喔！君子一言既出，駟馬難追，不要當小人喔你！」

周夜蒼咬緊牙根，「我對扮成女生沒興趣。」

「我知道，但是我一直找不到心目中理想的模特兒，除了你以外！」袁晴雙手交握，眼睛眨呀眨地懇求，「就幫我這一次，讓我圓夢好嗎？」

「……不能讓任何人看到。」

「我拍照留下作品總可以吧？」袁晴哭喪著臉。

「不行！」

「拜託拜託啦！你一定會是我最完美的作品！我幫你化好妝，別人一定認不出是你！」她抓住周夜蒼的手左右搖晃著，無比耍賴。

「但妳要發誓，絕對不會讓任何人看見照片，只能妳自己收藏。」

「好！」袁晴馬上答應。

「要是你幫我拍的照片被第三人看見，妳這輩子喜歡上的男生就都只喜歡男生！」

「好毒的誓言！」袁晴搓著雙臂，「不過為了證明我的決心，我願意發誓。」

「唉，什麼時候？」既然袁晴都敢發誓了，周夜蒼再拒絕好像說不過去。

「當然越快越好囉！今天也可以！」

「明天吧。」今天他想先把這本書看完。

「好啊，沒問題。」

袁晴的視線又轉回樓下中庭，「你看那裡，一群女生圍著一個男生。」

周夜蒼也靠向欄杆看著下方，「喔，那個男生是皇甫絳。」

「你居然知道他的名字？怎麼，是你的菜嗎？」

「不是，皇甫律師事務所就是他家的，前陣子女生們不是都在討論嗎？妳沒跟到？」

「這麼遠你也看得清楚？」袁晴瞇起眼睛想看仔細，然而那個男生的五官在她眼裡模糊成一團。

「很遠嗎？」周夜蒼覺得這距離明明可以看得非常清楚。

「旁邊的女生你認得出來是誰嗎？」

「怎麼可能，我認識的女生又不多。」

「那中庭有沒有你認識的同學？」

「沒有。問這個做什麼？」

「是看不清楚還是沒有？」

「看不清楚。」

「這樣不是很奇怪嗎？爲什麼皇甫絳你就看得出來，其他人就看不清楚呢？」袁晴一臉怪笑盯著周夜蒼。

「妳到底想說什麼？」周夜蒼也瞇起了眼睛。

「你知道的啊，少女漫畫不是都說，自己喜歡的人才會在人群中閃閃發亮嗎？」袁晴把手放在臉頰邊，用力且快速地眨著眼睛。

「妳幹麼故意擺出這欠揍的模樣？」周夜蒼搖頭，「不要亂想了，妳少看點漫畫，感覺再這樣下去，妳的腦子會產生問題。」

「我成績比你還好，你忘記了嗎？」她雙手叉腰。

「成績好不代表人際關係就沒問題。」周夜蒼懶得再說，「反正別亂想，妳沒看到皇甫絳身邊都是女生嗎？」

「所以？」

「在林佑一之後，我知道喜歡直男是不會有好結果的，所以我絕對不會喜歡上直男。」周夜蒼離開欄杆邊，朝教室走去。

「說不定你能掰彎他啊，很多漫畫都有這種劇情耶～」袁晴跟上。

「就說了不要看太多漫畫，如果直男這麼容易就能掰彎，妳為什麼要說自己不會喜歡上Gay呢？這樣不就能夠幫我們『改邪歸正』嗎？」

袁晴停下腳步，嘟起嘴，不太高興地說：「周夜蒼，你為什麼要說這樣的話？」

周夜蒼也停下腳步，臉上帶著歉意，「對不起，我不是……」

「不用對我道歉，你該對你自己道歉。」袁晴抓住周夜蒼的手，「不要再說這種話了，好嗎？」

「嗯。」周夜蒼扯了嘴角，回握了袁晴的手。

他明明認為自己喜歡男生並沒有錯，卻不自覺貶低了自己。

或許，他的內心還是對自己喜歡男生這件事情感到有些羞愧吧。

第三章

圖書館借來的那本書探討的內容太過學術與深入，與周夜蒼想像的不太一樣。看來，他想在書中找到自己為何會喜歡同性這件事，根本是天方夜譚吧？

不過，他倒不是沒收穫。

書中提到，在青少年時期大多數人都會進入探索性向的環節，也許現在喜歡女生的男生，未來有一天會覺醒變成喜歡男生。有人說這就是掰彎，但或許只是對方經過探索後，確認他的性向罷了。

還有另一種說法，其實人不是喜歡特定的性別，只是剛好喜歡的人是那個性別。也就是說，最終每個人喜歡的都是靈魂，就看那靈魂裝在哪副軀殼中。

所以性向沒有絕對，只是還沒遇到那個靈魂，才會選擇性地去喜歡大眾普遍都接受的「異性」。

明明他借了一本算是科學類的書，結果反而得到了玄學上的體悟。

周夜蒼要去圖書館還書時，站在圖書館外頭看著中庭，忍不住一笑。

皇甫絳又和一群女生坐在中庭了，從位在五樓的圖書館往下看，皇甫絳的身影依舊如此清晰。

他不認同袁晴說的那套「喜歡的人會閃閃發亮」的理論，他更相信那是皇甫絳自帶的光環。有些人天生就會散發強大的氣場，使得他無論身在何處都會成爲眾人注目的焦點。

高一剛開學的時候，皇甫絳以榜首之姿上臺致詞，馬上引起臺下女生們的一陣騷動。

那時周夜蒼站的位置離講臺不近，只能透過大螢幕投射出來的畫面看清楚皇甫絳的長相。但即便不看大螢幕，他也能感覺到皇甫絳是一個多麼有魅力的人。

他具體迷人的地方在哪裡，很難一言以蔽之，身高、聲音、身材比例、髮型、五官、舉手投足等，每一個拆開來看都是優點，合在一起更是充滿致命的吸引力。

「天啊，如果要找男朋友的話，當然要找那種的！」

周夜蒼聽見身後的女生這麼說，他下意識低下頭，原本放在身側的雙手不自覺緊握。

對於能夠自然說出這句話的人，他感到由衷地羨慕。

羨慕。

他抬頭看著臺上的皇甫絳，自信滿滿、抬頭挺胸地說著未來的抱負。

如果……能變成皇甫絳那樣的人，該有多好。

「等一下，皇甫……不就是那個很厲害的律師世家嗎？」後面再度傳來女生的聲音。

「對耶，今天新聞好像也有報導皇甫家打贏跨海監護權的官司，我媽早上有在講。」

周夜蒼聽著女生們談論八卦，深深覺得世界還眞是不公平。

從高一開學那天到現在，也過了快半個學期，皇甫絳在學校中的人氣有增無減，而他與周夜蒼想像的不太一樣，他是個在男女關係上沒什麼節操的類型。

講白一點，就是性關係很開放。

皇甫絳和所有女生都不會保持安全距離，來者不拒、去者不追，他會明白告訴每個女生，他們之間只是逢場作戲的肉體關係。

所以渴望認眞談一場戀愛的女生，皇甫絳都會避開，他只和那些同樣玩得開的人來往。

周夜蒼有些瞧不起這樣的人，明明天生有著優異的條件可以談場認眞的戀愛，爲什麼要讓自己流連在各種女生之間造成混亂呢？

在他眼中，這像是一種自我墮落。

周夜蒼進圖書館還書時，看到櫃檯貼著「徵圖書館志工」的告示，告示下方寫著

「請洽劉老師」。

「請問……」

「是？」戴著眼鏡的微胖老師抬頭。

「劉老師，請問圖書館志工找到了嗎？」

「你有興趣嗎？高一生？」

「對。」

「那沒問題，我們下學期開始好嗎？下學期開學找時間過來，跟現在負責的同學辦理交接。」

「好，謝謝劉老師。」

周夜蒼踏出圖書館大門，看見正走過來的袁晴，便告訴她下學期他要來圖書館當志工。

「有錢拿嗎？」

「沒有，操行會加分。」

「你的操行成績應該不差那幾分吧。」袁晴聳肩，「不說這個了，你今天要來我社團沒忘記吧？」

「我很不願意想起來。」

「由不得你。今天是社團休息日，社團成員都不在，你如果不想被別人看到，就請把握今天。」袁晴把時間和地點告訴他。

「妳該不會還多帶了一套制服吧？」

「那當然，做就要做整套。」袁晴眨眼，還給了他一個飛吻，然後就踩著輕快的步伐離開了。

袁晴從很久以前就覺得周夜蒼非常漂亮，比女孩子還要漂亮。當然，這些話她只能放在心中，不能在他面前說。

因爲周夜蒼說過，雖然他喜歡的是男生，並不代表他想當女生，也不代表他要學習女生的打扮。

他對於身爲男生的自己感到自豪，他只是性取向是男生罷了。

周夜蒼那比女生還要白皙的肌膚、纖長的睫毛、水靈靈的雙眼，以及偏骨感又高的身形，加上比一般男生還要細的嗓音，簡直就像帶著中性氣質的女模特兒。

對整體造型有興趣的袁晴來說，周夜蒼簡直就是她心中完美的模特兒。

放學後，周夜蒼來到袁晴的社團教室，袁晴已經準備好東西。

「你把門關起來，窗簾也拉上就行了。」袁晴把頭髮綁起來，將彩妝用品攤開放在桌面上。

「妳的工具眞齊全。」周夜蒼關上門，把書包放在一旁。

「那當然，不過很多都是社團提供的。不過不用擔心，刷子都是我自備的，這樣比較衛生呀。」袁晴露出微笑，手指向一旁的便服，「那一套是要讓你穿的。」

看著那套寬鬆的上衣和垮褲，周夜蒼有些狐疑，「我以爲妳會惡趣味地要我換上女生制服。」

「哈哈哈，你說過不喜歡扮成女生，我才不會做你討厭的事情。」袁晴彎了彎嘴角，「我呀，想把你打扮成雌雄難辨的模樣，我認爲那是美麗的極致，而你的外型剛好就是我心目中最佳模特兒的樣子。」

「不知道妳這是褒還是貶。」周夜蒼也笑了，拉起窗簾後拿起便服，「所以我要在這裡換嗎？」

「對呀，沒關係吧？反正我們是姊妹。」袁晴眨眨眼睛，並不覺得有何不妥。

周夜蒼聳肩，脫掉了襯衫，換上那件寬鬆的上衣。在脫下褲子前，他看了一眼袁晴，而對方正目不轉睛地看著他。

「……我要告妳性騷擾喔。」

「唉唷，我也沒什麼機會親眼看男生的身體，你就讓我看一下又不會怎樣。」袁晴倒也不害羞。

「我感覺自己誤上了賊船。」說歸說，周夜蒼還是脫掉了褲子。

他白皙修長的腿讓袁晴看見後下意識瞄了一眼自己的腿，「嘖！爲什麼你的腿感覺比我的還漂亮？」

「這話我聽起來一點都不開心。」周夜蒼翻了一個白眼。

「我也很不開心啊，哼。」

周夜蒼換好衣服坐到袁晴指定的位子，由袁晴先進行卸妝和洗臉，還很講究地用了按摩霜稍微按摩後，才開始打底。

「你的皮膚超好，零毛孔也沒粉刺，亮白得好像完全沒在曬太陽，一定是你一天到晚都泡在圖書館的關係。

「最氣人的是還很吃妝，你知道很多女生會浮粉嗎？又或是爲了遮蓋黑眼圈或斑點等，要花很多時間跟心力。

「啊，當然啦，臉部狀況越多的人，對我來說更具挑戰性，也更能精進技術。但是畫到好畫的人，就會覺得事半功倍，很高興啊。」

袁晴從開始化妝就滔滔不絕地說個不停，周夜蒼完全不必回應，只需要聽她講話就好。

「好了！大功告成了。不知道該說我是天才，還是你眞的太漂亮！」袁晴滿意地看著完妝的周夜蒼，幾乎快流下感動的淚水。

周夜蒼望著窗戶的倒影，彷彿看見一個不認識的人。

「鏡子！來～」袁晴將桌上的大鏡子立起來，轉到周夜蒼面前。

鏡中倒映出來的人讓他感到既陌生又熟悉，真如袁晴所說，雌雄莫辨。

「好美。」周夜蒼忍不住這麼說，隨後趕緊摀住嘴，覺得誇獎自己很不好意思。

袁晴則露出滿意的笑容，「嘿嘿，你覺得我以後走彩妝這行業，應該會很有前途吧？」

「這我就不知道了，或許是因為模特兒底子夠好的關係。」因為成品讓周夜蒼有些詫異，甚至十分喜歡，所以他心情挺不錯地打趣回應。

「哈哈！那請問這樣可以讓我拍照吧？」

「當然，不過妳還是要遵守約定，知道嗎？」

「是的，遵命！」袁晴行禮完畢後，立刻要拿手機拍照，卻怎麼都找不到手機。

「糟糕！我好像把手機放在教室的抽屜裡。」袁晴大驚失色，「我先回去拿，你在這邊等我！」

「欸！」周夜蒼喊了一聲，但袁晴已經消失無蹤。

「算了，反正她說今天不會有人來。」周夜蒼上前把門關起來，然後來到面向操場的窗戶邊。

放學後的校園中沒有平時的擁擠與喧鬧，取而代之的是寧靜又舒適的氛圍，周夜蒼閉上眼睛，感受這份難得的平靜。

喀。

周夜蒼嚇了一跳，睜開眼睛，轉頭看見一個出乎意料的人站在門口。

「妳找我？」

不知道爲什麼，穿著制服的皇甫絳出現在這裡。

周夜蒼愣了一下，第一個直覺是「難道袁晴找了皇甫絳過來一起拍照」。

依袁晴瘋狂的個性，她很有可能這麼做，不過仔細想想又覺得沒道理，她根本不認識皇甫絳。

周夜蒼才準備開口否認，皇甫絳已經踏進教室，將門關上。

「收到這封信我還想說都什麼時代了，居然還在用信紙？」皇甫絳從口袋裡拿出紙張，嘴角勾起微笑，那模樣讓周夜蒼的心臟緊縮了一下。

「那不是……」

「打開後我嚇了一跳呢，第一次遇到這麼直接的邀請。」他走到周夜蒼面前，將信紙拿在他面前晃著。

我回家洗好澡後，會在彩妝社的社團教室等你。

希望你能擁抱我，而我不會要求你與我交往，只要給我的人生留下一個特別的回憶就好。

周夜蒼傻眼了，這是邀約對方上床吧？還約在學校社團教室？

看來是袁晴彩妝社團的同學，眞是誇張……

但皇甫絳收到這種信還赴約？難道不怕有衛生或健康方面的問題嗎？周夜蒼忍不住這麼想。

可是換個角度思考，這是不是代表皇甫絳也還不錯，至少對女生一視同仁，不會挑長相或身材？

「我過來看一眼，原本想說敢寫這種信的女生，如果長得醜就拒絕，長得漂亮就算賺到。」皇甫絳雙眼上下打量著周夜蒼。

周夜蒼默默收回方才心中對皇甫絳的評價。

「這不是……」

「看來，我賺到了。」

周夜蒼再次開口想否認，卻被皇甫絳的話硬生生給截斷。他愣住，睜圓雙眼，不可置信地看著皇甫絳。

「你說什麼？」

「妳的聲音還眞低。」皇甫絳的手摸上周夜蒼的下巴，使得他一顫，「不過很好聽。」

皇甫絳的唇吻上他的，在他來不及反應的時候，對方的舌頭已經鑽入他的口中。

周夜蒼嚇得伸手想推開皇甫絳，不大的力氣卻被誤認爲是想索求更多，於是皇甫絳抬手扶上周夜蒼的後腦，稍稍放開唇，微側著頭後再次吻了上去。

周夜蒼沒想到皇甫絳和初次見面的人接吻就吻得這麼深入，這可是他的初吻，他根本無法招架如此猛烈的攻勢。

明明該推開皇甫絳，明明周夜蒼用盡全力就可以推開他。

可是周夜蒼卻沒辦法使上力，甚至有些沉淪在皇甫絳的親吻之中。

周夜蒼心想，雖然皇甫絳認錯人了，但此刻的自己眞的那麼像女生嗎？難道他沒看見他的喉結？難道他沒聽出他的聲音比一般女生低沉？難道他碰觸了他的身體後，還沒發現他是男生？

在感到被冒犯的情緒湧上前，周夜蒼內心先浮現的感想卻是——或許這是我這輩子唯一一次和男生親吻。

這個想法讓周夜蒼頓時清醒過來，他用力推開了皇甫絳，「我不是寫信的人！」被推開的皇甫絳撞到後頭的桌子，臉上浮現訝異，「不是妳寫的？」

周夜蒼用力搖頭，嘴唇因爲親吻而紅潤，氣息也因爲呼吸不過來而紊亂，在身後黃昏光影的襯托下，看起來格外誘人。

「認錯人也沒關係，我覺得我們應該很合，要是妳沒有男朋友，跟我做一場也不吃虧吧？」皇甫絳用拇指邊緣擦了一下嘴唇上的水漬。

「什……」周夜蒼話都沒說完，皇甫絳又走上前。

周夜蒼感受到前所未有的恐懼……不對，是興奮。

他雖然疑惑著現在的狀況，但又期待接下來可能會發生的事情，因爲對象是皇甫絳，是他憧憬的人。

可是皇甫絳只要多碰觸他幾秒，一定就能發現他的性別，到時候皇甫絳也會跟林佑一一樣，露出嫌惡的表情，不是嗎？

周夜蒼只是站在原地，那漲紅的臉蛋與期盼的雙眼，便讓皇甫絳頓時慾火高漲。

「天啊啊啊啊——」突然，教室前門傳來一陣尖叫聲，把皇甫絳和周夜蒼嚇得一起回頭，只見袁晴和另一個穿著便服的女生大驚失色地站在門口。

周夜蒼頓時覺得十分羞恥，立刻拿起自己的書包和衣服，遮住起反應的下半身，從教室後門倉皇逃出。

「等、等一下！」袁晴臉色發白，看了一眼周夜蒼奔跑離開的背影，又看向在教室裡頭一臉莫名的皇甫絳後，立刻跑去追周夜蒼。

「我、我是寫信給你的……」穿著便服的女孩身上散發著洗完澡的香氣。

「剛才那個女的是誰？」皇甫絳望著敞開的後門。

「那是袁晴，我社團的學妹……」

「穿便服的女生是袁晴？」

「啊……我沒看到穿便服那位的長相，所以不知道她是誰。」

皇甫絳思考了一會兒，最後看向眼前的女孩，「算了，妳過來吧。」

女孩露出笑容，關上教室的前後門並上鎖，接著來到皇甫絳的面前。

太丟臉了、太丟臉了！

周夜蒼眼眶含著淚水，覺得因皇甫絳的行爲而感到興奮的自己很丟臉，覺得和皇甫絳在教室裡做的事被看見很丟臉。

他一路跑向男廁，進了廁所隔間上了鎖後，雙腿一軟，跪坐在地板上，忍不住哭了出來，下身的堅挺也早已因爲突如其來的羞愧和驚嚇而消去，卻消不退他的羞恥感。

「周夜蒼！周夜蒼！」袁晴的聲音從外面傳來，接著是她踏入男廁的腳步聲，再來就是猛拍隔間門板的聲音。

「妳、妳幹麼追過來？」周夜蒼趕緊脫下身上的衣服，急著想換回自己的制服，也不管妝粉會不會沾染在衣服上。

「你是我朋友，我當然要追過來啊！你怎麼了？爲什麼要跑？」袁晴在外頭喊道。

「妳、妳沒看到？」

「看到什麼？」袁晴疑惑，「我只看到皇甫絳站在你前面而已。」

聽到袁晴的回答，周夜蒼冷靜下來，「那妳後面的那個女生……也沒看到？」

「要看到什麼？對不起啦，我都說了不會讓你化妝後的模樣被別人看見，結果卻被皇甫絳看見了……他有沒有對你說什麼過分的話？」

周夜蒼換好衣服，打開廁所隔間的門，他臉上暈開的眼線和睫毛膏讓袁晴大驚。

「天啊，眼線液和睫毛膏不是防水的嗎，怎麼還會暈開？不對不對，你哭了？爲什麼？皇甫絳果然對你說了什麼不好聽的話嗎？」

「跟妳一起來的那個女生是誰？」

「是我們社團的學姊，我剛才拿完手機要回社團教室的路上遇到她，因爲看見她穿便服我才叫住她。結果她很訝異我怎麼會在這，我告訴她今天我請了模特兒來化妝……」袁晴拍了額頭，「結果她居然跟我說，她約皇甫絳到社團教室打炮！我們兩個當下都快嚇死了！所以立刻跑回來！」

「袁晴，妳說話好聽一點吧。」

「都這種時候了，你還要糾正我的說話方式！」袁晴氣炸，「所以你到底哭什麼？皇甫絳該不會講了什麼吧？」

「沒有，妳把我打扮得很好，我看起來眞的雌雄莫辨。」

「意思是……」

「皇甫絳以為我是女生，就算我開口講話了，他也認為我的聲音只是比一般女生低沉而已。」周夜蒼咬著下唇。

「這麼誇張？我的技術這麼好？不對！應該說是你的資質好。」袁晴看起來很高興。

「所以他……把我認錯了。」周夜蒼說這些話的時候雙拳不自覺地握緊。

一開始袁晴沒聽懂他的意思，但發現周夜蒼漸漸紅起來的臉，她頓時會意過來，接著倒抽一口氣。

「難道他把你錯認成我學姊？以為是你跟他約炮？」

「袁晴！說話注意一點！」

「不然我要講什麼，約上床？性邀約？你有什麼文青一點的詞可以建議我嗎？」

「……算了。」

「所以呀，他到底有沒有對你做什麼事？」

「就……親我。」語畢，周夜蒼覺得自己快要無法呼吸。

「！@#$%^&*！！」袁晴摀住嘴巴。

「聽不懂妳在說什麼。」

「我的天啊！他吻了你也沒發現你是男生？他還有摸你哪裡嗎？」

「只碰了我的後腦勺！」周夜蒼皺眉，「他這麼遲鈍？摸過那麼多女生卻分不出兩者身體的差異？」

「我也覺得有一點誇張耶，就算你現在外型再怎麼中性，聽到聲音或是碰到身體應該就能馬上發現吧。」袁晴忽然露出奇怪的表情，「壓後腦勺耶……他想幹什麼？」

「妳不要亂想，他就只是吻我所以才壓後腦勺……」

「哇……要是我們沒有馬上趕回來的話，你該不會就要獻出處子之身了吧？」

「在妳們回來前我就推開他了，而且我再怎麼樣也不會在學校跟人家做愛吧？」

「你用那兩個字是有多文青？」袁晴抓到機會吐槽，「不過我學姊就是那種沒腦的人，她居然趁著社團休息日約皇甫緈在社團教室亂搞耶。」

周夜蒼想著在他逃走後，皇甫緈發現弄錯人，然後呢？是離開，還是和剛才那個女生繼續下去？

他剛才有瞥到那個女生一眼，長得非常可愛，他覺得皇甫緈應該不會拒絕。

「現在怎麼辦？」

「什麼怎麼辦？放心啦，皇甫緈不會知道你是誰，學姊應該也沒看到你的長相……」

「我是說，他們兩個現在應該在社團教室裡辦事了吧，那妳的彩妝和書包呢？」

「啊！對！可惡！」袁晴大叫。

「我就不奉陪了，我要先回去了。」周夜蒼走到鏡子前，看著自己花掉的臉，

「妳有帶卸妝的東西嗎？」

「啊啊……我都還沒拍到照片耶！還是我們再約一次……」

「想都別想！」

「嗚嗚……都是皇甫絳害的啦！」袁晴哭喪著臉。

最後因爲卸妝用品也放在社團教室裡，所以周夜蒼只能戴上口罩，頂著一臉花掉的妝容回家。

回家後，他偷偷拿了母親的卸妝用品到廁所處理掉臉上的妝。看著鏡中的自己，周夜蒼思考著，要是皇甫絳最一開始看見的就是這張臉，還會弄錯嗎？還會吻他嗎？

周夜蒼冷不防想起了那個吻，想起皇甫絳毫不隱藏的慾望，想起他散發出的強烈誘惑。

「嗚……」他的下半身又開始腫脹起來，他咬著唇脫下褲子。

一次就好，只要一次就好。

他想著皇甫絳，一隻手握住他的性器，拇指放在前端開始摩擦，即便皇甫絳根本沒有碰到他，但光是想像，就足以讓他宣洩慾望。

完事之後，他覺得格外空虛，清潔身體後穿上褲子，再把母親的卸妝用品放回房內。

直到睡前，他才看見袁晴傳來的訊息。

「欸，皇甫絳在打聽你是誰。」

隔天，袁晴難得地和周夜蒼約在巷口見面，一起前往學校。

「糟糕，皇甫絳已經透過學姊知道我是誰了，如果他今天跑來找我，問我你是誰該怎麼辦？」袁晴的語氣透著緊張。

「這有什麼好擔心的？妳就說我是從網路隨便找來的臨時模特兒，妳也不知道是誰不就好了？」

「如果他看見你呢？會不會認出來？」

「不可能吧，我又沒有化妝。」

「是這樣嗎……我好怕呀，他那麼帥，如果他用媚惑的方式誘惑我，我屈服了忍不住說出來怎麼辦？」

「妳知道自己在說什麼嗎？」

「啊啊我知道，皇甫絳只是想找人玩玩而已……完蛋了，我一定會暈船。」

周夜蒼翻了個白眼，覺得袁晴根本搞錯重點，「反正妳見到皇甫絳只要回答三句話：我不知道、我不清楚、我想不起來。懂了嗎？」

「這樣我會不會很像白痴？」

「不然呢？」周夜蒼忍不住伸手捏了袁晴的臉。

「好痛喔！」她跳開，揉揉臉頰，「不過話說回來，你和皇甫絳接吻有什麼感覺嗎？」

周夜蒼心中一驚，面上故做鎮定，「什麼意思？」

「就是有勃起嗎？」

「袁！晴！」

「唉唷，人家不是說十幾歲青春期的男生動不動就會勃起嗎？我看你好像性慾很低的感覺，所以好奇問一下嘛～」

「妳自己沒經驗、沒戀愛過，卻動不動就把『性』這個字掛在嘴邊，是怎麼回事？」

「你不知道處女的想像力是最可怕的嗎？就是因爲不知道眞實的狀況，才會幻想得更加誇張啊！」袁晴越說越興奮。

「反正別說我是誰就對了。」周夜蒼懶得再多說。

「知道啦！我會謹記那三句話。」袁晴頓了一下，「但說不定皇甫絳知道你是男生以後，也能接受啊。」

「不要隨便說這種話，他更有可能會有像林佑一一樣的反應。妳忘記國中時他厭惡我的模樣了嗎？」

「啊……對不起。」袁晴覺得自己說錯話了，只好轉移話題，「你什麼時候要去圖書館交接？」

「劉老師說要等下學期開學後才能交接，原本負責的那位同學下學期要專心處理社團的事，所以才要找人來接手。」

「原來是這樣。你知道對方是什麼社團嗎？」

周夜蒼聳肩表示不知道。

就在他們即將抵達學校時，發現校門口有一個熟悉的身影——是皇甫絳，他和一個女生站在校門口外聊天。

周夜蒼見狀趕緊拿出書包裡的口罩戴上。袁晴也注意到了，她的肢體不自覺地僵硬起來。

「別擔心，他認不出我們，妳動作自然一點。」周夜蒼壓低聲音，然後和縮著身體的袁晴與皇甫絳擦身而過。

正當他們鬆一口氣，相視而笑時——

「喂。」

他們兩個人嚇了一大跳，差點就要拔腿而逃。

「袁晴。」皇甫絳靠了過來，「妳是昨天那個袁晴對吧。」

周夜蒼站在一旁默默拉高口罩。

「哪哪哪哪有，你認錯人了。」袁晴臉色發白，慌張的語氣十足表現出了此地無銀三百兩。

「我很會認人的。我昨天以爲妳會回來社團收東西，所以在那裡等了一下，結果沒見到妳。」

「啊、啊我想說……你可能正在和學姊玩，就不回去打擾了。」袁晴邊說邊克制想偷看周夜蒼的衝動。

皇甫絳瞥了一旁的周夜蒼，然後又繼續盯著袁晴，「沒玩，興致都沒了。」

皇甫絳的話讓周夜蒼鬆一口氣，隨即察覺到自己有這樣的心情似乎不妥，而且繼續留在這裡也不太好，所以決定先離開，便對袁晴揮手示意後就往教室走。

「啊！欸……」袁晴對於要獨自面對皇甫絳感到不安，但如果周夜蒼在這待太久，又會加大被皇甫絳認出來的風險。

皇甫絳瞄了一眼離開的周夜蒼的背影，「那是誰？」

「我同班同學，男生。」她下意識補充了後面那兩個字。

「昨天那個女生是誰？」

他果然是要問這個，沒想到她第一次和全校第一帥哥兼花花公子feat.榜首說話，居然會是這個話題。

「哪個女生？我學姊嗎？」袁晴決定先裝傻。

皇甫絳勾起嘴角，忽然伸手就要碰袁晴的臉，

袁晴嚇得立刻往後退：「你……做做做做什麼！」

「妳臉上有根頭髮，我只是想幫妳拿掉。」皇甫絳往前幾步。

「不用不用，我自己來。」袁晴想著之後一定要去把頭髮剪短，乾脆剪成妹妹頭，這樣再也不會有人用臉上有頭髮爲理由靠近她。

被拒絕的皇甫絳絲毫不覺得尷尬，只是聳肩後繼續說：「妳知道我在說誰，妳幫她化妝的模特兒，是哪一班的？」

「我不知道、我不清楚、我想不起來。」袁晴一口氣把三句箴言都講出來。

皇甫絳馬上會意過來，「啊，妳是被下了封口令嗎？」

「我不知道、我不清楚、我想不起來。」

「既然如此，那我就自己找吧。」皇甫絳微笑，「我就不信，找個人會有多難？」

袁晴傻眼，看著皇甫絳充滿自信的背影，只覺得大事不妙！

她飛快地跑回教室，把這個大消息告訴周夜蒼。

周夜蒼只是平靜地說著：「他找不到的。」

「爲什麼！你怎麼能確定？」袁晴壓低聲音，十分慌張。

「因爲他要找的是高䠷又頭髮短得像男生的女生……可能多加個條件——認識袁

晴。那這樣的女生在青蘭有多少個？」

「……頂多只有排球隊的吧，但她們的頭髮也沒那麼短。」

袁晴恍然大悟周夜蒼的意思了。

「好吧，那我們可以放心了。」

而真如周夜蒼所料，皇甫絳翻遍了整個校園，也沒找到那天放學後，在彩妝社團教室與他有難忘之吻的短髮女子。

第四章

高一下學期一開學，周夜蒼便到圖書館報到，準備與前一位服務的學生辦理交接。

只見一個理著平頭的男孩穿著夏季制服站在櫃檯前，正在和劉老師交接文件。

「周夜蒼，你來啦，向你介紹一下，這是一年級的繆子倫，就在你隔壁班。」

周夜蒼對這個男生有印象，是個運動型的陽光男孩，身邊總是圍著一群人，看起來就是直男中的直男。

而這種類型的人，正是周夜蒼最難應付的。

「我們要做的事情通常不會太難，基本上就是依照索書號碼將書籍歸位、維護環境。有時候要在櫃檯幫同學們借書還書，偶爾也要寫一些POP海報、查看學生意見信箱等，不難但有些繁瑣。」繆子倫一邊和周夜蒼走在書櫃與書櫃間，一邊說：「但我想這對你來說都不難吧？因爲我很常看到你在圖書館裡看書。」

「啊……我倒是沒有在圖書館裡看過你，反倒是在體育比賽或是體育課的時候見過幾次。」以及當繆子倫和同學們大聲說話經過他們班前面時，周夜蒼也會多看幾眼。

畢竟是長得好看的男人，很難忽視，加上繆子倫有運動的關係，身材更是沒話說。

「你怎麼會來圖書館當志工？」周夜蒼好奇地問，運動型的繆子倫會在圖書館工作，感覺滿反差的。

「我高一剛開學時，因爲某件事和班上同學打架。棒球社原本因爲這件事不讓我加入，但最後妥協，讓我在圖書館當志工做愛校服務，才能繼續待在棒球社。」

「沒想到是這樣的原因，所以後來就不需要再被懲罰了嗎？」

繆子倫點頭，「終於能夠專心練社團了。不過我待在圖書館半年，也對一些書感興趣不少。」

「像是哪一類的書？」

「十八禁的書吧，只要在圖書館工作都可以隨便翻。」繆子倫一本正經地講出很不正經的話，「這樣你就不需要再請女同學來幫你借十八禁的書了。」

周夜蒼瞪大眼睛，「你怎麼……」

聞言，繆子倫勾起嘴角，「圖書館外不是有個樓梯嗎？那裡很少有人經過，相對隱密。我有時候會在那裡休息，某次正巧聽見你們的談話。」

原來那裡還有個祕密空間，周夜蒼非常訝異。

「圖書館的一切我都傳承給你了，相信你一定能夠做得很好。」繆子倫笑起來的時候有著單眼皮的雙眼彎起，挺可愛的。

於是，周夜蒼正式接下這份工作。他會利用每節下課和午休時間來到圖書館，他喜歡這裡的氣氛，也很喜歡沉浸在書堆中的感覺。

如此一來，他也可以暫時忘記皇甫絳的吻。

時間已經過了許久，周夜蒼卻彷彿還停留在那個午後的時光。每當他看見皇甫絳，就會不自覺地想起他的體溫、氣息，還有身體。

「唷！周夜蒼，我來探班了。」袁晴拿著兩杯飲料，趁著午休時間來到圖書館的櫃檯，將其中一杯冰涼的紅茶放在桌上。

「妳眞的是！圖書館不能帶飲料進來，只能帶水。」周夜蒼推開飲料，打算趕袁晴出去。

「今天劉老師又不在，你就把飲料放在櫃檯喝沒關係吧。哎呀喝一下啦，這是我的心意耶。」袁晴把飲料推了回去。

「不行，我在這裡工作，要帶頭遵守規定！」

兩人就這樣把飲料推來推去，一不小心，冰紅茶打翻了，深褐色的液體全都濺在周夜蒼的褲子上。

「天啊！」袁晴見狀大叫。

周夜蒼雖然立刻把飲料杯擺正，但液體流淌的速度太快，導致他的下半身濕透，飲料也流得一地毯都是。

「天啊天啊！」袁晴衝進櫃檯，抽了好幾張衛生紙彎腰擦拭，「對不起！你要不要趕快去廁所處理一下？」

「我要被妳氣死了！」周夜蒼拿著衛生紙擦著自己的重要部位，他感覺似乎連內褲也濕掉了。

他蹲下來想一起收拾殘局，但袁晴阻止他：「這裡我來就好，你快點去廁所把褲子弄乾淨。」

周夜蒼看著自己慘烈的下半身，也認為當務之急還是先清理自己比較好，他瞪了袁晴一眼，「以後我在圖書館工作時，妳都不許來！」

「嗚嗚，好啦，對不起嘛～」袁晴感覺自己眞是好心被雷親，卻又無可奈何。

周夜蒼離開圖書館的時候，正好和要進來的繆子倫擦肩。

繆子倫叫住了周夜蒼，「啊，剛好，我忘記把之前我寫的筆記交給你。」

「我現在必須去廁所一下，還是麻煩你把筆記放在桌上，我回來再看？」

繆子倫看了一眼周夜蒼濕透的褲子，「圖書館裡面不能帶飲料喔。」

「我知道，都怪我朋友……算了，櫃檯有個女生在擦地板，都是她的錯。」周夜蒼簡短說完後，就立刻往離圖書館最近的廁所跑去。

繆子倫拿著筆記本來到櫃檯，果然見到袁晴蹲在地上用紙巾擦拭著地毯，一邊喃喃自語：「哎呀，我只是好心想說慰勞一下，誰知道搞砸了……」

「咳。」

「啊，對不起，現在負責的同學不在……」袁晴立刻抬頭並站起來。

「我不是要借書。」繆子倫看著地毯，「拿抹布覆蓋一下比較好喔。」

「什麼？」袁晴愣愣地看著繆子倫的臉。

明明這人不是周夜蒼那種白馬王子的類型，也不是皇甫絳那樣有致命男性魅力的模樣，乍看之下就是一個運動型的肌肉白痴。他沒有立體的五官，可他的單眼皮怎麼可以這麼可愛？

袁晴覺得心跳飛快，腦袋甚至無法思考。

「我是前一任圖書館志工，麻煩妳把這個筆記交給他吧。」

「好、好……」袁晴看著繆子倫纖長的手將筆記本放在桌上，對她頷首後便離開圖書館。

袁晴的目光一直追著繆子倫高大挺拔的背影，直到他完全消失在她的視線中，她才癱坐在椅子上。

「糟糕，這該不會就是一見鍾情吧……」袁晴覺得自己的臉頰發燙，這和見到皇甫綠的感覺完全不同，「他叫什麼名字？」

袁晴立刻翻開剛才的筆記本，心想：哇，字好醜，可是好有個性，可愛！

「什麼，就在隔壁班我居然沒發現！繆子倫……名字好好聽……」她很快在筆記本裡發現他的名字，手指滑過筆記本上的筆跡，「糟糕了，我戀愛了啦～」然後她泛起花痴，將整張臉貼在筆記本上，完全忘記腳底下濕透的地毯還等著她善後。

周夜蒼在廁所解開了褲頭，用擦手紙分別覆蓋在布料的裡、外層試圖想要弄乾，但效果有限。褲子仍舊濡濕，蜜香紅茶的味道也依然濃郁。

「你應該把褲子脫掉洗一洗，找個地方晾乾。」繆子倫的聲音出現在廁所外，「今天外面太陽這麼大，晒個兩節課就乾了。」

聞言，周夜蒼一愣，「呃，但是我沒有替換的褲子。」

繆子倫將手上的運動褲丟向周夜蒼，「因爲社團關係，我都會帶兩套運動服來替換，這件就先借你吧。」

「你不會用到嗎？」

「我放學才會用到，你現在比我更需要它。」繆子倫走了過來，伸手就要幫他脫下褲子。

「等、等一下！」周夜蒼大叫。同時心想著，有沒有搞錯啊，被男生脫褲子？不行，這可不行！

「圖書館的櫃檯不能太久沒人，你再不快點，若是有人要借書還書，或是預約書籍怎麼辦？」

「那、那我自己來就好！」繆子倫的話提醒了周夜蒼，他得快點回圖書館才行。周夜蒼急急忙忙脫下褲子，有些尷尬地看著站在他面前的繆子倫。

「拿來。」

「拿、拿什麼？」

「你的褲子啊，你動作真的太慢，這在我們社團早就被電飛了。」繆子倫粗魯地搶過周夜蒼的褲子，然後拿到洗手臺一陣搓揉，接著再加上洗手乳搓洗起來。

果然是運動社團的直男呀……

周夜蒼忍不住這樣想，同時覺得還在這裡扭捏害羞的自己，好像有點白痴。他穿上繆子倫的運動褲，不禁感嘆褲子尺寸還真大，而且有著和繆子倫身上一樣的味道。這讓周夜蒼感覺怪彆扭的，好像自己的下半身被對方包覆著。

「褲子可以放在我們那排走廊末端的平臺，現在這個時間太陽剛好會照射進來，而且晾在那裡也不會被風吹走，我很常把衣服放在那邊晒。」

「被老師看見不會怎樣嗎？」

繆子倫只是聳肩，「好了，就這樣……」

「怎、怎麼了。」周夜蒼發現轉過頭的繆子倫正皺著眉頭，一語不發地看著他的腳。他往後縮了下，總覺得有些怪怪的。

「你……太瘦了吧，皮膚也很白，像個女生一樣。」繆子倫說完就走了過來，伸手就往周夜蒼的小腿摸去。

「呀——」周夜蒼嚇了一跳，不自覺發出奇怪的叫聲，他趕緊捂住嘴巴。

繆子倫絲毫不在意周夜蒼的反應，「你要多運動、多晒太陽，不然這樣會生病。你看你這裡，都沒有肌肉！」

「你、你的手不要亂摸……」

繆子倫粗糙又炙熱的大手滑過周夜蒼的白皙肌膚，讓周夜蒼渾身發顫。從來沒有男生這樣摸過他……糟糕，他感覺血液逐漸湧向那處。

「這邊怎麼有個破洞？」繆子倫注意到膝蓋附近的褲管破了一個洞，他將食指探入洞中，「這洞還真大，我之前怎麼沒注意到？」

「你、你不要靠這麼近……」周夜蒼哀求，但蹲在自己身下的繆子倫太過專注看著褲管的破洞，沒有理會他。

繆子倫溫熱的鼻息拂過周夜蒼的膝蓋，使他起了雞皮疙瘩。

同時，他的下體也敏感地挺起。

明明繆子倫只是好心想幫忙，可是周夜蒼卻被那微不足道的碰觸給亂了心神，他好討厭什麼都容易想歪的自己，也討厭總是率先做出反應的身體。

「快脫掉，我幫你把破洞縫好。」說完，繆子倫就要伸手脫掉周夜蒼的運動褲。

「什……」

碰！

一個人忽然出現在廁所門口，對方似乎因爲裡頭有人而愣了一下。繆子倫回頭看去，此時他和周夜蒼呈現一種非常奇怪的姿勢。

「喔，繆子倫，沒想到你也會在這裡做這種事情啊。」皇甫絳笑了下。

「做什麼事情？」繆子倫聽不懂，「我只是要脫他的褲子。」

「沒想到資優生玩起來比我還要瘋狂耶，我倒是沒想過男廁也能玩，不過這似乎是個好地點，人比較少。」

繆子倫滿臉疑惑，完全不懂皇甫絳在講什麼，倒是周夜蒼聞言立刻嚇得縮到繆子倫的身後。

他怎麼會在這裡遇到皇甫絳？

根據周夜蒼這幾個月的觀察，皇甫絳平常絕對不會靠近圖書館，所以這也是他放心選擇在圖書館工作的原因。

「你才怎麼會在這？」繆子倫起身，沒注意到周夜蒼正極力躲在他身後。

「我過來圖書館拿預約的雜誌。」皇甫絳聳肩。

什麼？皇甫絳居然會用到圖書館？周夜蒼在內心吶喊。對於自己的觀察失準感到懊惱。

「又有你們家打官司的新聞了嗎？」

皇甫絳只是聳肩，此刻他的好奇心終於轉向繆子倫身後的人，「你女友？」

「啥？女友？不是。」繆子倫覺得皇甫絳問了個奇怪的問題。

「喔，不是女友也可以是嗎？所以你媽是對的，你就不該和我一起玩，把你的價值觀都搞壞了。」

「雖然我們是國中同學，但有時候我眞的搞不懂你在講什麼。」繆子倫過於單純的思想，讓他顯得有些笨拙，「你眞的放棄棒球了？」

「跟你在一起，連廁所都不想上了。」皇甫絳沒有回答，轉身就離開了。

「唉。」繆子倫嘆氣，轉過身看著臉色發白的周夜蒼，皺了皺眉，「你看，你就是這樣瘦弱不運動，才會被誤認成女生。」

「這、這不關你的事……」周夜蒼還有力氣可以反駁一下。

原來皇甫絳和繆子倫以前是同一個國中的棒球校隊，只是皇甫絳放棄了棒球之路……這眞是太神奇了，周夜蒼完全無法把棒球和皇甫絳聯想在一起。

「你到底要不要把褲子脫下來，讓我把這破洞補一下？」

「不用啦！」周夜蒼沒想到繆子倫還在執著這一點，「你隨身都攜帶縫紉工具喔？」

「因爲我們社團沒有經理，很多事情都要社員自己處理。」繆子倫站起來，「那你快回圖書館吧。」

「喔……現在櫃檯有袁晴在，我可以再等一下。」周夜蒼心想，要是現在回圖書館，很有可能會遇到皇甫絳。

「但……」

「找到妳了！」

沒想到皇甫絳又忽然出現在廁所門口，把周夜蒼嚇了好大一跳。

「怎麼回事？」繆子倫一直處於狀況外。

皇甫絳大步走進廁所，臉上帶著大大的微笑。爲了找在彩妝社團教室遇見的女生，他找遍整個學校，差點就要放棄，這下子總算讓他找到了。

「所以妳不是繆子倫的女友吧？」在吃下這個女生前，皇甫絳得確認一下。

「你從剛才就一直在講什麼奇怪的話？」繆子倫帶著十分不解的表情，大手一拍周夜蒼的肩膀，「他是男的耶！」

皇甫絳先是大笑，覺得繆子倫在開玩笑，接著看了周夜蒼一眼，忽然將手貼到他的胸前——一片平坦。

「眞的是男的？」皇甫絳的眼睛逐漸睜大，望向周夜蒼的臉想尋求確認。

「我、我是男的……」周夜蒼咬著唇，準備好承受宛如林佑一那唾棄的眼神攻擊。

「傻眼。」皇甫緈另一隻手又摸向周夜蒼的胸，一陣揉捏，「不是太小，是眞的沒有。」

「就說他是男的了，你在發什麼瘋？」繆子倫覺得很荒謬，一把撥開皇甫緈的手。

周夜蒼剛才好不容易才消退下去的某處，在皇甫緈不客氣的碰觸後再次變得精神起來。

「幹，難怪我找不到，原來是男的。」皇甫緈罵了聲，雙眼毫不客氣地上下打量著周夜蒼，

「你之前瘋狂在找的人就是他？他就在我們兩班中間的班級，你都沒發現？」繆子倫也有耳聞皇甫緈一直在找一個女生，他們男生之間還調侃過皇甫緈居然也會對特定的女生情有獨鍾。

「我壓根沒想到那個人會是男的，當然不會注意他啊。」皇甫緈嘆了好大一口氣，「算了算了！」

周夜蒼渾身顫抖，笑了兩聲，「抱歉嘿……我是男生……」

「你是該抱歉，那天你爲什麼要化妝？而且也不解釋清楚。」皇甫緈非常失望，

「所以，繆子倫你們剛才在做什麼？你喜好這味？」

「你剛才想歪了嗎？我是看到褲子破了個洞，要他脫下來，我可以幫忙縫好。」

繆子倫看了一下手錶，「但被你浪費太多時間，我必須回教室了。」

「你才浪費我的時間。」皇甫絳推了繆子倫一下，又望向周夜蒼，「抱歉啊，我之後不會再找你了，那天親你也抱歉嘿。」

「你眞是精蟲衝腦。」繆子倫回應，兩個人雙雙離開了廁所。

周夜蒼背靠上牆壁，一邊笑一邊說：「還好啊……眞的見面了也沒怎樣，他沒有嫌棄我，也沒說什麼奇怪的話……早知道就早點承認……」

他的雙腿軟了下來，背順著牆往下滑，眼淚也跟著湧出。

「我這輩子都不要和皇甫絳扯上關係了……」

這種感覺還眞像失戀，可他明明就沒有失戀。

自從那一天皇甫絳發現周夜蒼其實是男生後，周夜蒼便不需要刻意躲著他。然而，不知道為什麼，當皇甫絳從繆子倫那邊得知周夜蒼正在圖書館當志工後，便很常來圖書館。

有時候皇甫絳會窩在閱讀區的角落睡覺，有時候會隨便翻幾本書，有時候只是坐在位子上看著整理書籍的周夜蒼。

袁晴得知周夜蒼被發現眞實身分後尖叫不已，還以爲會有什麼修羅場，結果卻平淡得很，這讓她似乎有些不滿。

「不然妳希望看到什麼結果？」

「我以爲皇甫絳會說『是男的也沒關係，來一發』之類的。」

周夜蒼翻了個白眼，兩手捏緊袁晴兩側的臉頰，「妳是不是眞的很想被我揍？」

「救命啊！暴力啊！」袁晴朝班上同學求救，但其他人只是見怪不怪地笑了幾聲。

袁晴忽然看到繆子倫從教室外面經過，還因爲看到他們打鬧而笑了下，袁晴瞬間漲紅了臉，並且用力推開周夜蒼。

「怎麼了？」周夜蒼回過頭，也看見了繆子倫，周夜蒼伸手向他打招呼，繆子倫只是點點頭，便和其他同學繼續往前走。

「吼！你不要在他面前這樣醜化我啦！」

袁晴用力打了周夜蒼一下，畢竟誰都不想被心上人看見自己的醜態。

「妳居然會對他一見鍾情，妳不是說外表要像皇甫絳那樣才會是妳的菜嗎？他和皇甫絳是完全相反的類型耶。」

「唉唷，我怎麼知道，看來我更喜歡雄性魅力噴發的男生。」

「也就是運動白痴類型。」

「不准你這樣說我親愛的！」袁晴反捏了周夜蒼的臉頰一把，「早知道我就去當圖書館志工了，這樣現在和繆子倫有交集的就會是我。」

「妳可以選擇去當棒球社的經理，他說他們沒有經理。」

「喔，不要，感覺很臭又很累。」袁晴秒拒絕。

「看來妳對他的愛不夠深。」

「不能這樣來衡量愛呀。」袁晴搖搖食指，「話說回來，皇甫絳明明知道你是男的了，爲什麼反而爲了要見你，時常跑去圖書館？」

「什、什麼？」周夜蒼東張西望，確定班上同學都沒在聽，「妳怎麼會覺得他是爲了見我來圖書館？」

「不然他幹麼要去他不常去的地方？以前他都跟女生到處幹炮耶，現在一直去圖書館看一個不能幹的你幹麼？」

「袁晴，妳有喜歡的人以後，講話好像更難聽了，妳會不會有一天直接撲倒繆子倫？」

「不行，掌嘴掌嘴，要是被他聽見我這樣子說話，他可能會討厭我。」袁晴立刻拍打自己的嘴巴，「我一定是BL漫畫看多了，講話才變得這麼沒有水準。」

「是妳自己沒有水準，不要怪漫畫。」

不過袁晴的話確實讓周夜蒼覺得奇怪，皇甫絳最近常去圖書館的目的是什麼？

「喂，周夜蒼。」下課時間，皇甫絳居然出現在周夜蒼的教室門口，這讓班上的女生一陣驚呼。

他們班也有幾個女生和皇甫絳有過關係，但皇甫絳並不會和她們打招呼。因爲他不和同一個女孩上床兩次，而且只要發生關係後，彼此就是陌生人。

可即便如此，還是有很多女孩子願意和皇甫絳往來，畢竟女生們口耳相傳他的床上功力可是一等一。

「此外，他也很愛來找你。」袁晴小聲地說完後，就坐回自己的位子。

周夜蒼嘆了口氣站起身，來到窗邊，「什麼事？」

皇甫絳上下打量著周夜蒼，這讓他感到很不自在，彷彿自己是赤裸的。

周夜蒼往後退了些，再一次問：「你找我有什麼事？」

「你這個週末有空嗎？」

沒料到會是這樣的問句，周夜蒼瞪大眼睛，下意識回：「沒空！」

「那就明天放學？」

「不行！」

「好，那就今天。我放學後來找你。」皇甫絳說完拍了一下周夜蒼的肩膀，還對教室裡頭喊，「袁晴，我走了。」

「幹幹幹幹麼跟我打招呼！」袁晴結巴，她明明不喜歡皇甫絳，但面對他時就會緊張個半死。

「喂！喂！」周夜蒼大喊，但皇甫絳根本不理會，轉眼他已經回到隔壁教室。

周夜蒼愣愣地走回位子，袁晴立刻跑來：「皇甫絳說了什麼？」

「他約我放學後見。」

「他要幹麼？」

「我不知道，我不想跟他單獨見面。」周夜蒼不自主絞著手指，他很怕再多見皇甫絳幾次，自己會徹底淪陷。

袁晴把手放在他的肩膀上，雙眼直視著他，「周夜蒼，不要怕。」

「我怎麼能不怕？要是他嫌我噁心……」

「他可能是好奇，也可能只是想跟你當朋友。」袁晴不會輕易說出「他可能喜歡你」這種話，她不能給周夜蒼無謂的期盼。

「還是我放他鴿子，放學後先離開？然後不要理他，遠離他？」

「我覺得你不要在沒有好好面對皇甫絳之前就先放棄。」

周夜蒼想著，他或許應該告訴皇甫絳自己的性向才對。

一般異性戀的男生聽到後，就會主動離開了吧？畢竟他們都害怕被同性戀喜歡上。

可是皇甫絳不一樣，要是周夜蒼不保持距離，他怕自己的心會控制不了。

放學時，周夜蒼才剛整理好書包，就看到皇甫絳連書包都沒背就衝到他們教室外的走廊。

皇甫絳一見到周夜蒼好端端地坐在教室裡，露出滿意的笑容，「很好，你等我一下。」

說完，皇甫絳又跑回自己的教室。

袁晴背起書包，朝周夜蒼的肩膀拍了兩下，「我需要等你嗎？」

「不用，我會自己處理好。」

「加油，周夜蒼，無論怎樣你都值得的！」袁晴只能給予周夜蒼精神上的鼓勵。不是所有人都像林佑一，說不定皇甫絳會接受一切，然後當周夜蒼的好朋友。

但周夜蒼已經下定決心，他會跟皇甫絳說清楚，並且遠離對方。因為只要皇甫絳待在他身邊，他就絕對沒辦法只把他當朋友看待。

「好了！我們走吧。」皇甫絳再次回到周夜蒼的教室門口時，班上同學差不多都已經離開了。

「去哪？」

「圖書館那邊。」

「圖書館已經關門了。」

「我知道，我們只是去那附近而已。」皇甫絳邊走邊說，周夜蒼跟在他身後。

兩人一前一後地走著，保持一段微妙的距離。

來到圖書館前時，皇甫絳指向一旁的樓梯，「我們去繆子倫跟我說的好地點。」

「哪裡？」

「不會有人打擾的地方。」說完，皇甫絳就快步往樓梯上走，接著皇甫絳從上方樓梯的扶手探出頭來，「走快一點啊。」

後面跟著的周夜蒼小跑追上，一上樓便在樓梯轉角處看見皇甫絳把書包放在地上，人靠在牆邊看著他。

「我、我有事情想要先說。」周夜蒼握緊書包背帶，緊張萬分。

「你是不是喜歡男生？」沒想到皇甫絳率先開口。

「……嗯。」

「我想也是。」

「你不訝異？」

「那天在廁所，我其實有注意到你勃起了。」皇甫絳輕描淡寫地說，「所以我也有一件事情想要確認一下。」

「什……」

話音未落，皇甫絳的唇已經吻了過來。周夜蒼嚇了好大一跳，往後試圖避開，但是皇甫絳一個旋身，將周夜蒼往牆邊推去，周夜蒼頓時被困在皇甫絳的臂彎之中。

「回應我。」皇甫絳不容拒絕地說，舌頭趁機鑽入周夜蒼的嘴裡。

「嗚……」周夜蒼不知該如何回應，他覺得呼吸困難，眼裡也充滿淚水。

皇甫絳沒有想要放過他，舌頭探得更加深入，另一隻手也沒閒著，直往周夜蒼的下身摸去。

「不！」周蒼感覺渾身燥熱無比，那處在皇甫絳刻意撫觸下起了反應，「對不起，我、我很噁……」

「不會啊，我不覺得有什麼問題啊。」皇甫絳鬆開周夜蒼的唇，對他一笑，又吻了上去。

周夜蒼不知道該怎麼辦，在這午後，他被皇甫絳吻得什麼都沒辦法思考了。

第五章

皇甫綘自小接受菁英教育長大，從昂貴的私立幼兒園一路讀到貴族國中，家裡世代皆為律師，也註定了他未來要走的道路。

他從小就生活奢華，同學們也都家世非凡，他一直以為自己的日常生活與一般人無異。直到班上轉來一位男生，他因為母親再婚嫁給知名企業主，因此得以插班就讀，皇甫綘才從對方身上得知什麼是真正的「一般人」。

大概就是那時候，皇甫綘的父母婚姻出現了問題。

在豪門世家裡，政治聯姻並不稀奇，皇甫綘的父母皆出自律師名門，當初之所以會結婚，也是出於家族利益考量。儘管這段婚姻早已名存實亡，但兩人對外依然保持良好的夫妻形象，也繼續住在同一個屋簷下，只是貌合神離，差不多已經形同陌路。

皇甫綘受不了這樣的家庭生活，也無法忍受學校同學一天到晚像是打探八卦般，詢問他父親或是母親的事，所以他向父母要求轉學至另一所相對普通的私立住宿制國中。

父母自認對皇甫絳有愧，加上那所學校強制所有學生住宿，環境應該也算安全，便答應了。

順利轉學到新學校後，皇甫絳快樂多了，在那裡他喜歡上了棒球，並且加入校隊，與繆子倫成爲朋友。

即便知道皇甫絳出身顯赫，同學與師長對待他的態度並未因此有所不同。

皇甫絳受邀去過幾個同學家裡，同學整個家還沒有皇甫絳的書房來得大。可是他們都能與父母、兄弟姊妹，擠在一張小小的餐桌旁共進晚餐，笑聲連連。

這種平凡的幸福，是皇甫絳不曾體會過的。他在家裡用餐的時候，總是與父母隔著長長的桌子，桌上擺滿由廚師烹煮的美食，出於教養與禮儀，過程中不得隨便交談，除了金屬刀偶爾碰撞發出的聲響，一頓飯多半會在安靜中結束。

吃過飯後，父母各自回到書房繼續埋首處理卷宗，皇甫絳時常覺得在這個偌大的家裡，自己與幾名幫傭相處的時間都還長過父母。

因此皇甫絳漸漸變得不愛回家，連周末都留在學校宿舍，導致他很後來才發現，連母親都早就不回家了。

反正只要父母不離婚，怎麼樣都行。皇甫絳消極地想。

他把精力都發洩在棒球上，和繆子倫等隊員一同揮汗練習，在意見分歧時爭吵，在團隊默契合作獲得勝利時相視一笑。最後他和隊員代表學校出賽，得到了非常出色的成績，讓他有了想成爲棒球國手的念頭。

「學生時代的社團玩玩就好，要是當眞你就太傻了。」

當他把這個念頭告訴父親時，卻換來了這樣的回應。

「皇甫家的每個人都當了律師，應該不差我一個吧？」

「就是因爲每個人都當了律師，所以更不許你不是。」父親抬手揉著緊皺的眉頭，看著週刊上斗大的標題，那是關於母親出軌的爆料。「別再給我找麻煩了，我還有其他更重要的事得處理。」

稍晚，他聽見父親與母親通電話，提到兩人必須在短時間內密集地一同出席各大公開場合，才能以行動破除謠言。

儘管那根本不是謠言，而是鐵錚錚的事實。

在睽違近半年後，皇甫絳終於再次見到母親，她提著簡便的行李回來，爲了營造婚姻並無問題的假象。

「媽，我想跟妳說……」皇甫絳想著，或許母親比較能夠站在他的立場設想，能支持他走上他想走的那條路。

然而母親聽完皇甫絳的想法，只輕描淡寫地說：「人生不能凡事都由著自己，尤其你生在皇甫家。」

「爲什麼？難道我就不能做自己眞正想做的事？」

「如果你眞的想要成爲棒球國手、追求過自己的人生，那你現在立刻拋下『皇甫』這個姓氏，拋下目前優渥的生活，離開這個家。」母親搖頭，「你別再想那些天方夜譚了，這樣你才會好過一點。」

「所以妳回來也是爲了顧全妳娘家和皇甫家的名聲，爲了雙方利益，而沒有一點點是爲了我？」

母親雙眼透出疲倦，看著皇甫絳輕聲說：「你已經長大了。」

那一瞬間皇甫絳才明白，對大人來說，他的想法根本不重要，只要他能成爲每個人心裡期望的那個皇甫絳就好。

而那個皇甫絳，只能是律師。

既然人生都已經被規畫好了，再怎麼熱愛棒球，皇甫絳也只能在學生時代盡情投入其中，之後就絕對不行了。

外型帥氣的皇甫絳是棒球隊的主力投手，這讓他更受女生的歡迎，身邊總是圍繞著一群女孩。皇甫絳不太會拒絕女生，但也沒眞的答應和誰交往過。

然而，在他人眼中，都認定了皇甫絳時常換女友，不免落得許多家長口舌。繆子倫的母親就曾經要求他別跟皇甫絳走太近，以免近墨者黑，最後搞大女生的肚子。

「你媽眞的太誇張了，我連初吻都還沒經歷過。」皇甫絳爲自己抱屈。

「誰叫你不跟女生保持距離，才會被誤會。」繆子倫吐槽。

他們兩個人幾乎整個國中時期都投入在棒球的世界，也相約以後還要一起打球。然而好景不常，在皇甫絳國三放寒假時，皇甫家的最高掌權者皇甫祥，也就是皇甫絳的祖父陷入病危，並在皇甫絳畢業前夕過世了。

皇甫祥的遺囑裡寫著，他會將大部分的遺產，以及皇甫律師事務所的最高位置傳給最優秀的孫子的父親，而期限是最小的孫女成年的那一年。

因爲皇甫祥認爲，最優秀的孫子一定有著最優秀的父親，他也最懂得如何栽培與訓練人才，這樣的人才有資格待在最上位。

目前皇甫家最小的孫女八歲，距離她成年還有十年，這段時間，皇甫律師事務所由所有兄弟共同管理。

不過，祖父除了祖母以外，還有好幾位妾室，每位妾室少說也有一個兒子。可想而知，所有人都對這位置虎視眈眈。妾室們都認爲這是兒子可以一步登天的好機會，紛紛督促自己的兒子得更嚴格要求孫子……

也因爲如此，本來就不希望皇甫絳打棒球的父親，在他考上高中後更加嚴厲地禁止他參與課外活動，要求他專注在學業上。

「我在兼顧課業和打棒球的前提下，都能夠以榜首之姿考進青蘭了，爲什麼還要這樣限制我？」皇甫絳不甘心地回應。

「就是因爲你還花時間在打棒球那種沒意義的事情上，才會只考上青蘭那樣的高中。」父親的語氣苛刻。

「不要現在才對我擺出父親的樣子！反正我以後的人生不是都被安排好了嗎？那我現在繼續打棒球會怎樣？」皇甫緯抗議，惹來父親更盛的怒火。

「我可以用關係讓你轉回我原本希望你就讀的高中，你知道嗎？」父親嚴正聲明，「你未來的人生確實早就安排好了，所以我是不是連最後三年的自由時光都不要給你，對你來說更好呢？」

「可……」皇甫緯握緊拳頭，明白自己無力反抗，「如果是媽的話，絕對不會這樣。」

父親的臉色驟變，「搞清楚，你現在住在誰家？花誰的錢？想著那個心早就飄到外頭的女人做什麼？」

「你的心不也是在外面嗎？」

「阿緯，你是我兒子，是皇甫家的人，這一點永遠不會變。」父親皺著眉頭，「你想念你媽是你的事，不要在我面前提起她，你想見她就自己去找她。」

聞言，皇甫緯什麼話都說不出來。

儘管他的父母現今依舊在皇甫律師事務所任職，但祖父過世時，少了最高掌權者的壓力，母親立刻提出離婚，父親也同意了。

他不是早就知道父母之間不存在愛情了嗎？勉強維持那一紙婚姻關係，不過只是爲了顧及祖父。

那爲什麼此刻的他在聽到父親這些話時，心中還是會產生一股難言的感受？

離婚後，皇甫絳的母親彷彿忘記了自己有皇甫絳這個兒子，竟一次也不曾來找過他。

皇甫絳想看看母親，想知道她的近況，就只能從她幫大客戶打官司勝訴的新聞報導裡看見。

「你想要待在青蘭高中，就放棄棒球，專心念書，考上K大法律系。否則我現在就馬上幫你安排轉學，聽懂了嗎？」

皇甫絳壓根不想再進入那種權貴專屬的高中就讀，也不想見到以往那些假面朋友，更不想要把學校生活過得像在應酬。

「我明白了，我不會再打棒球，我要留在青蘭。」

「可以。還有，要是在這三年裡，你成績退步了，就得無條件立刻轉學，知道吧？」

「嗯。」

身在皇甫家，享受權力、財富，就必須付出同等的義務。

皇甫絳對成爲律師並非毫無興趣，他從小看著父母在這行業發光發熱以及焦頭爛額。當勝訴的喜悅笑容綻放在父母臉上時，更加深他對律師這個職業的興趣。是怎麼樣的成就感，能讓冷若冰霜的父母露出微笑？是怎麼樣的挫敗感，能讓幾乎零互動的父母願意坐下來商討對策呢？他真的非常好奇。

皇甫絳明明對律師這職業躍躍欲試，然而在成長的過程中，伴隨父母的強迫，讓他漸漸產生了抗拒感。

如今，唱反調已經變成皇甫絳慣用的消極反抗方式。

青蘭高中開學的時候，皇甫絳以榜首的身分代表新生上臺演講，說著一些違心之論。

皇甫絳看著臺下的同學，想著既然父母不讓他打棒球，他就要做出一些讓他們覺得困擾，但又拿他沒辦法的事。

不過他能做些什麼？

「皇甫絳，你怎麼沒申請加入棒球社？」在他隔壁兩班的繆子倫看到社團成員名單裡沒有皇甫絳的名字，詫異地跑來詢問。

「沒什麼，就只是不想打了。」皇甫絳聳肩，一副滿不在乎的樣子。

「怎麼可能？我們都努力了那麼久，不是說好以後也要一起打棒球的嗎？」繆子倫握緊拳頭。

「反正棒球本來就不適合我，你知道我們家是做什麼的吧？我以後可是要穿西裝的人，跟你們這些成天髒兮兮，只能靠運動出名的人不一樣。」

皇甫絳把話講得很絕，阻斷所有退路。不這麼做的話，他害怕自己眞實的想法被發現。

他以爲自己會被繆子倫狠揍一頓，也做好了準備。

但繆子倫只是露出失望的表情，什麼也沒說便轉身離開。

這樣就好，讓過去的朋友都對他失望就好。皇甫絳這麼告訴自己。

「你是皇甫絳吧？」某天一個高二學姊把皇甫絳叫到教室外的走廊上。

皇甫絳上下打量學姊，眉毛微微一挑，沒有回應。

「喔，看起來眞的挺帥的耶，本來還以爲那群八婆又在開玩笑。」學姊的裙子改得很短，纖細修長的雙腿引人遐想，身材也十分傲人。

「什麼事情？」

學姊雙手放在身後，半是打趣半是認眞地問：「你是認眞派，還是愛玩派？」

皇甫絳無法理解她的意思。

「我喜歡帥帥的男生。」

「妳在告白嗎？」

學姊一笑，「放學後來我家玩吧。」

那天放學，皇甫絳原本沒打算去，然而學姊在校門口等他，他一時心血來潮就跟著學姊走了。

兩人先去吃了一點東西，然後學姊帶著皇甫絳回到她家，皇甫絳才剛在沙發上坐下，學姊便迫不及待撲到他的身上並且親吻他。

「咦？」皇甫絳沒想過自己會在今天遺失初吻，「我們現在是要交往？」

「咦？你想要交往嗎？」學姊歪頭，「所以你是認眞派？」

「不、不是……」皇甫絳忽然愣住。

混亂的男女關係，彼此都不用負責……做這種事，能讓他父母感到困擾嗎？

皇甫絳還沒細想，學姊的手已經伸進他的衣服裡，並用下半身磨蹭著他的下體。

「你很硬了耶，應該不是第一次吧？」

皇甫絳沉默以對。

「哇，不會吧！」學姊非常驚訝，「沒關係，我會一步步教你。」

第一次體驗性愛的皇甫絳彷彿開啓了新世界，那無比舒暢的感覺是自慰所不能相比的。

「你第一次就這麼厲害？看來是天生的高手喔。」完事後，學姊喝著可樂，一點也不害羞地裸身站在皇甫絳面前。

「再一次？」皇甫絳拉了拉學姊的手腕。

「嗯……我是很想啦，但是我爸媽快回來了。」學姊吻了皇甫絳的臉，「依照你這樣的資質，要什麼女人會沒有呀，不過要小心，別被特別認眞的人給纏上囉。」

「那會怎樣嗎？」

「認眞的人若被傷透心，什麼事都做得出來。」學姊摸摸皇甫絳的頭，「對了，我朋友也想跟你玩玩，可以吧？」

從那次之後，皇甫絳便陷入了歡愛的輪迴，和各式各樣不同的女孩子玩很有趣，也很舒服。

而且因爲宣洩了自己的壓力與慾望，彷彿讓他能更加平淡地看待一切事物。

唯一例外的是，他有次在和女同學做完愛後，從她的口中得知對方和繆子倫是同班同學。

「我會知道你，是因爲繆子倫爲了你和班上同學打架，結果被罰愛校服務。我很好奇皇甫絳是誰，打聽了一下，才知道你是出了名來者不拒的帥哥。」

「繆子倫爲了我打架？」

「嗯啊，剛開學的時候，好像是班上同學說你看起來就不會打棒球，繆子倫幹麼那麼認眞要找你一起加入棒球社。繆子倫聽了很火，結果兩人就打起來，把我們嚇死了，哈哈。」

皇甫絳覺得心裡湧上一股暖意，同時又很愧疚自己背叛了繆子倫。

於是皇甫絳趁下課時間來到圖書館門口，可是猶豫了半天卻沒有進去。

皇甫絳不知道見到繆子倫該說什麼，道謝似乎也很怪。

「有夠蠢的。」皇甫絳想想還是算了，轉身準備離開時，和一個正準備進圖書館的男同學撞在一起。

「不好意思。」周夜蒼沒發現自己撞到的人是誰，低著頭快步走進圖書館。

皇甫絳回頭看著周夜蒼的背影，喃喃道：「好漂亮的男生。」

那是他們第一次相遇，只是他們都不知道，幾個月後，他們會成爲那樣的關係。

✦

皇甫絳遊戲人間玩出了好口碑，雖然目前他僅「服務」校內的女生，但偶爾也會有校外的女生聞名而來，希望能和皇甫絳來一場完美的體驗。

這一天，他接到了彩妝社學姊的邀請，邀請他放學後到彩妝社的社團教室，給對方一個美好的回憶。

皇甫絳算好學姊回家洗澡後來到教室的時間，才來赴約。

在那裡遇見的女生，讓皇甫絳眼睛爲之一亮，他從沒見過如此吸引人的女孩，漂亮的五官帶著英氣，有一股難言的中性之美。女孩站在教室正中央，本來正看著窗外的景色，被他開門的聲響驚動，轉頭與他四目相對，女孩在夕陽下的回眸，這一幕美得難以難描繪。

以女性來說，女孩身高很高，身材也相對骨感，讓她看起來就像模特兒。學校裡竟有這樣的女孩，他怎麼從來沒發現呢？

「看來我賺到了。」

「你說什麼？」女孩開口。

「妳的聲音還眞低。」皇甫絳喜歡她的聲音，不尖銳、不吵雜。接著他伸手抬起對方的下巴，側頭吻住她的嘴。

女孩似乎嚇到了，想要反抗，卻沒有用盡全力。

這是欲拒還迎嗎？

每個來找皇甫絳尋歡的女孩，大多都主動又熱切，極少會上演這種欲擒故縱的戲碼。

所以皇甫絳把她的掙扎當作她想索求更多的暗示，張嘴將舌頭鑽入，舔舐著她的口腔。

好甜。

爲什麼她會這麼甜？

雖然皇甫絳和許多女生發生過關係，但這還是他繼初體驗後，第一次感到如此急躁與興奮。

皇甫絳想把她壓在身下，想狠狠脫去她身上的衣物，想盡情吻遍她的全身，想進入她的身體。

就在這一刻，女孩推開了皇甫絳，這次她的力氣明顯變大了。

「我不是寫信給你的那個人！」她說話的音量也提高了。

皇甫絳被她一推，往後撞到後方的桌子。見女孩儘管臉上布滿紅雲，表情卻驚駭莫名，他頓時明白，原來女孩不是欲拒還迎，而是自己眞的認錯人……

「那封信不是妳寫的？」

女孩用力搖頭，眼眶含淚，嘴唇因親吻而紅潤欲滴，讓皇甫絳忍不住嚥了口口水。

「認錯人也沒關係，我覺得我們應該會很合，要是妳沒有男朋友，跟我做一場也不吃虧吧？」皇甫絳有自信不會被拒絕。

皇甫絳感覺到自己強烈受到女孩的吸引，他現在就想占有她。

「天啊啊啊啊——」

一陣尖叫聲從教室前門傳來，兩個女孩同時出現在門口，皇甫絳傻眼了，現在是什麼情況？這兩個女孩又是誰？

此時，那個被誤認的女孩趁機從後門溜走。

「等、等一下！」其中一個新來的女孩追著被誤認的女孩離開了教室。

而另一個長相可愛、穿著便服的女孩走向皇甫絳，「我、我是寫信給你的……」

「剛才那個女的是誰？」皇甫絳打斷對方的話，滿心都是那個漂亮的短髮女生。

「是袁晴，我社團的學妹……」

「穿便服的女生是袁晴？」

「啊……我沒看到穿便服那位的長相，所以不知道她是誰。」

「算了，妳過來吧。」

可即便眼前的可愛女孩脫了上衣抱住他，皇甫絳滿腦子想著的還是剛才那一場邂逅。

「抱歉，我沒興致了。」皇甫絳推開女孩，「當欠妳一次。」

「蛤？沒興致了？」女孩一臉不可置信，「有沒有搞錯啊？」

「眞的沒了，妳看到了吧，軟了。」皇甫絳起身穿好褲子。

「你會不會太過分？是我沒有魅力嗎？還是說……」

皇甫絳制止女孩接下去要說的話，「有時候男生軟掉不是女生沒有魅力，千萬不要這樣貶低自己，我單純只是現在沒有心情做。」

女孩沒有接話。

「對不起，是我的錯。」皇甫絳低頭吻住她的唇，「欠妳一次，好嗎？」

「……嗯。」被皇甫絳這麼一哄，女孩也只好同意了。

「對了，妳說那個穿制服的是妳社團的學妹，她是哪一班的？」

「就在你隔壁班啊。」女孩穿上衣服，「難道你對她有興趣？」

「當然不是。」皇甫絳思索著，如果他想知道剛才那個便服女生是誰，就只能先從袁晴這邊下手了。

隔天早上，皇甫絳在校門口堵袁晴。見到她和一個男生走了過來，他便主動上前打招呼，兩個人的反應像是被嚇了一大跳。

「我昨天以爲妳會回來社團收東西，所以在那裡等了一下，結果沒見到妳。」

皇甫絳打量了一下袁晴身邊的男生，發現他和昨天那個女生差不多高。

「啊、啊我想說……你可能正在和學姊玩，就不回去打擾了。」袁晴回道。

「沒玩，興致都沒了。」

皇甫絳又望向一旁的男生，想著對方一直戴著口罩不悶嗎？

隨後那個男同學對袁晴揮了揮手後就先走了。

「啊！欸……」

皇甫絳看了眼離開的男同學背影，又看了袁晴，「那是誰？」

「我同班同學，男生。」

為什麼她要加後面那兩個字？他看得出來那個人是男生啊。

然而皇甫絳也沒多想，一心急迫地想問出昨天那個女同學的身分。

可袁晴似乎被下了封口令，不斷迴避他的問題。但無所謂，反正學校就這麼一丁點大，找一個人能有多難？況且他還有一條線索——那個短髮女孩是袁晴認識的人。

所以只要從袁晴的周圍開始尋找，就可以了吧？

起初，皇甫絳想得非常簡單，結果一直到了學期末，他連半個符合條件的女生都沒找著。

「說不定是校外的。」繆子倫當然也耳聞了皇甫絳在找人的消息，還特地過來確認眞僞，「你知道男生們都在笑說，想不到皇甫絳也有翻船的一天。」

「不是翻船，我根本還沒上到她，所以不找到她我是不會罷休的。」皇甫絳仰天長嘆，「你沒見過那女生，你不懂。」

繆子倫聳肩，不予置評。

「你愛校服務快結束了對吧？」事隔多月，皇甫絳終於提起剛開學時發生的事，「聽說你是爲了我跟同學打架？」

「爲了你？這話聽起來很噁心。」繆子倫吐槽，「之後會有新的志工代替。」

「也是被罰的？」

「聽劉老師說，對方是自願的。」

「不知道是什麼樣的人才會自願去當無聊的圖書館志工。」

「想要操行加分吧。」

「圖書館那地方我從來沒去過，也不想去。」

「但你未來不是要當律師？難道不需要念書？」

「念書又不一定要去圖書館。」皇甫絳拍了拍繆子倫的肩膀，轉身離開，「謝了。」

繆子倫沒有回應，繼續待在走廊邊望著天空。

✦

自從母親不再回家後，皇甫絳養成了留意報章雜誌的習慣。如果有刊登皇甫律師事務所打官司消息，他一定會購入，就只是爲了看看能不能在上面的照片裡見到母親的身影。

明明母親都不在乎自己了，但他還是很想見她，很想知道她過得好不好。

可是有一天，皇甫絳買的那些雜誌被父親發現，父親很不高興，把雜誌都扔了，所以後來皇甫絳改爲上圖書館借閱。若是在雜誌裡看到母親的照片，就用手機翻拍下來，如此一來便不會被父親發現。

某天，他收到圖書館的通知，他預定的雜誌到館了。就在他進入圖書館前，似乎聽到一旁的廁所裡傳來奇怪的聲音，於是他好奇地進去看了一下，果然見到一男一女在裡頭亂來。

「喔，繆子倫，沒想到你也會在這裡做這種事情啊。」

皇甫絳會愣住，不是因爲看見不雅的畫面，而是其中一個當事人居然是繆子倫這個棒球痴。

「你這個資優生玩起來比我還瘋狂，男廁耶！我倒是沒想過男廁也能玩，不過這裡好像是個好地點，人比較少。」皇甫絳打量著廁所四周，想著這裡的確比空教室安全多了。

「你才怎麼會在這？」繆子倫問。

皇甫絳瞧見繆子倫身後的女性試圖躲起來，可惜身高太高，沒辦法藏得很好。

「我來圖書館拿預約的雜誌。」皇甫絳總覺得那女生有些眼熟，不禁探頭想多看幾眼。

「又有你們家打官司的新聞了嗎？」

皇甫絳想起以前曾經告訴過繆子倫關於皇甫家的狀況，所以繆子倫當然也知道他爲了看母親，因而時常讀雜誌。

儘管當初是他主動透漏自己的家庭關係，然而突然被這樣直白地詢問，還眞是有些彆扭。

皇甫絳聳聳肩，然後忍不住好奇地問：「你女友？」

「啥？女友？不是。」

「喔，不是女友也可以是嗎？所以你媽是對的，你就不該和我一起玩，把你的價值觀都搞壞了。」

「雖然我們是國中同學，但有時候我眞的搞不懂你在講什麼。你眞的放棄棒球了？」

「跟你在一起，連廁所都不想上了。」講到棒球這話題皇甫絳就不想繼續聊了，便轉身離開。

離開後，他隱約還能聽見繆子倫和那女生說話的聲音。

雖然他們的聲音小又細微，可是皇甫絳卻感覺好像錯過了什麼。

那人的身高、身形、髮型，以及聲音……皇甫絳突然瞪大眼睛，強烈的第六感告訴他，剛才那個女生可能就是他一直在找的人。

他立刻衝回廁所，這一次終於見到躲在繆子倫身後的女生的臉。

沒有化妝，也沒穿便服，但確實就是那天他在彩妝社團教室遇見的女孩。

「找到妳了！」皇甫絳興奮地露出笑容，大步走向她。

那名女孩看起來嚇個半死，而她害怕的模樣不知爲何讓皇甫絳的情緒更加高漲。

「所以妳不是繆子倫的女友吧？」他再度詢問，畢竟再怎麼想得到她，也得先確認她是否單身。

「你從剛才就一直在講什麼奇怪的話？」繆子倫的表情像是吃到什麼苦東西一樣，他用力拍了一下女孩的肩膀，「他是男的耶！」

「哈哈哈哈！你要騙人也別用這種方式。」皇甫絳大笑。

但是在看見繆子倫依舊露出怪異的表情，以及女孩侷促的模樣，皇甫絳就有些不解了。爲了解除心中的疑惑，他沒有多想，冷不防將手貼上女孩的胸前。

然而，卻沒有摸到想像中的渾圓，皇甫絳原本以爲對方只是胸部小一點，可是他手下摸到的胸部一片平坦，觸感甚至是硬的。

「……男的？」皇甫絳的眼睛逐漸睜大，看向那人的臉尋求答案。

「我、我是男的……」那嗓音雖然不算很低沉，可要說是男生的聲音也很合理。

皇甫絳在驚訝之下，再三地又拍又揉對方的胸部做確認，搞得眼前這位男同學的臉都紅了起來——這表情讓皇甫絳莫名感到有些興奮。

「傻眼。不是太小，是眞的沒有。」

「我就說他是男的了，你在發什麼瘋。」繆子倫上前撥開皇甫絳的手。

與此同時，皇甫絳注意到那個男生的褲檔處明顯變得隆起。

皇甫絳心想，那個男生居然在他的觸碰下勃起了？他是Gay嗎？

爲什麼自己也覺得怪興奮的？想到這裡，皇甫絳感覺下半身似乎也硬了。

「幹，難怪我找不到，原來是男的。」皇甫絳立刻大罵一聲，想中斷自己的情緒。

他的目光上下打量眼前的男生，只見對方穿著制服襯衫，下半身是過大的運動褲，是繆子倫借他的嗎？那雙腿也太白皙了吧，簡直比女生的腿還要漂亮。

「你之前瘋狂在找的人就是他？他就在我們兩班中間的班級，你都沒發現？」

「我壓根沒想到那個人會是男的，當然不會注意他啊。」皇甫絳嘆了好大一口氣，「算了算了！」

那個男生乾笑兩聲，「抱歉……我是男生……」

唉，該死，爲什麼明明知道這人是男的，皇甫絳還是覺得他可愛得要命？

爲了不再讓自己陷入這種奇怪的心情，皇甫絳決定拉著繆子倫先離開廁所，順便藉此平息下半身的衝動。

離開廁所後，皇甫絳問繆子倫：「他叫什麼名字？」

「周夜蒼。」

周夜蒼。皇甫絳在心裡重複一遍。

「你眞的是來拿雜誌的喔？」

「對啊，不然呢？」

「我以爲你在探查學校還有哪些地方可以亂搞。」繆子倫停在圖書館前，比了比上方的樓梯，「我推薦這裡。」

「難道你……」

「怎麼可能，只是沒什麼人知道這裡。」繆子倫對皇甫絳揮了揮手就要離開。

皇甫絳喊住他。

「你怎麼會認識他？」皇甫絳頓了下，「我是說周夜蒼。」

「喔，因爲他就是接替我的圖書館志工。」

「什麼？爲了操行成績？」

「他好像只是單純喜歡看書。」繆子倫皺眉，「你現在知道自己一直在找的女生是個男的，你接下來打算怎麼辦？」

「還能怎麼辦，就烏龍一場啊。」

繆子倫用奇怪的眼神看他，「看來你也不是玩到沒有原則啊。」

「啥意思？」

「以爲你會知『男』而上。」

「你瘋了嗎，兩個男的要怎麼做？」

「也是啦。」

這些話雖然像開玩笑般就此帶過，卻深植在皇甫絳心中。

兩個男的，要怎麼做？

爲了知道答案，皇甫絳便上網搜尋，其間他不斷說服自己，這只是滿足求知欲罷了。

在查詢的過程中，讓皇甫絳感到意外的是，性器官插入並不是男同志們唯一進行性行爲的方式，他們還能透過口交、下體摩擦的方式達到高潮。

「原來不插入也能稱作是性行爲……」

看完這些網路資料，他感覺像是上了一堂課。

那天晚上，皇甫絳夢見了周夜蒼在自己的身下。

夢中，周夜蒼的身體柔軟，皇甫絳在他的體內忘情衝刺，那感覺很好，似乎跟女生做起來沒什麼不同。

周夜蒼皮膚白皙，雙頰因爲他抽插的力道而紅潤起來，眼眶帶淚地哀求著皇甫絳，求他放過自己。

皇甫絳有些分不清他到底是把周夜蒼當成女的，還是男的？

醒來後，皇甫絳還是想不透這個問題的答案，只能先起床清洗自國中後就不曾有過的夢遺痕跡。

「嘖，難道我是同性戀？」

皇甫絳百思不得其解，爲什麼他會夢到周夜蒼。

「一定是慾求不滿的緣故……」回到房間後他拿起手機，傳了訊息給上次那位約他在彩妝社團教室見面的學姊。

如果自己能適度地和女性發生關係，也許就不會再做這種莫名其妙的夢了吧。他暗忖。

然而某次皇甫絳從教室走出來，正好看見周夜蒼和袁晴在走廊上說話，兩個人笑得很開心，周夜蒼開懷放鬆的笑臉讓皇甫絳的心忽然又產生了奇怪的感覺。

當晚，皇甫絳又在夢裡侵犯了周夜蒼。

而且這一次皇甫絳記得，夢裡的周夜蒼，是男生沒錯。

「欸，繆子倫，你有沒有喜歡過某個男生的臉？」

「什麼？男生的臉？你是指明星嗎？」

皇甫絳恍然大悟，「對，明星，你有喜歡的男明星嗎？」

「有啊，最近得獎的那個男演員，他的長相就是人見人愛的類型。」繆子倫滔滔不絕開始談論起那位男明星的長相。

但皇甫絳的思緒已經飄遠了。

是啊，他會這麼在乎周夜蒼，一定是因爲周夜蒼的長相是他喜歡的類型，就如同欣賞明星一樣。

只要他對周夜蒼的長相免疫了，就不會有問題了吧？

於是，皇甫絳開始有事沒事就到圖書館看看周夜蒼，好幾次甚至不掩飾自己正盯著他，一切都只爲了盡早習慣周夜蒼的長相。

每當周夜蒼發現皇甫絳的視線時，總是會先一愣，然後緊張地假裝沒看見，轉移視線，幾分鐘後又會偷瞄皇甫絳，觀察他是否還在看自己。兩人對上眼的瞬間，周夜蒼便立刻轉頭，假裝做別的事。

皇甫絳覺得那樣的周夜蒼很可愛，非常可愛。

✦

「唔、啊……」女孩的呻吟在雙方到達高潮後轉爲喘息，她伸手環住皇甫絳的背，「你本來就是這樣嗎？」

「什麼？」皇甫絳離開女孩的身體，拿起一旁的衛生紙遞給她。

「做愛的時候都閉著眼睛？」女孩簡單清理了下身，穿上內衣，「我會覺得你這樣是在想著別人喔。」

皇甫絳看了女孩一眼，沒有說話。

「啊，我不在意啦，反正本來就是各取所需。」女孩聳肩。

「欸，妳覺得性慾和性別有關係嗎？」

「無論男女都會有性慾啊，只是男生比較外顯一些。」

「那……妳對女生也會有性慾嗎？」

女孩睜圓雙眼，「你會這樣問的意思是……你對男生有性慾？」

「不要隨便扣帽子，我這只是單純的疑問句。」皇甫絳拿掉保險套，丟到一旁的垃圾桶。

「開個玩笑嘛。」女孩穿好衣服，「我國中的時候曾經和一個T學姊接吻過喔。」

「T？」

女孩點頭，「我當時很害羞也很緊張，感覺學姊如果有進一步的要求，我好像也不會拒絕。不過可能是因爲我們年紀都太小，也搞不清楚該怎麼繼續下去……總之學姊摸了我的胸部後，我們就草草結束了。」

「所以妳喜歡女生嗎？」

「沒有，我喜歡男生，也很喜歡跟男生做。」女孩吻上皇甫絳的唇，「我想，我大概就只有對那個學姊比較特別吧，可能是天時地利人和之類的？除了她以外，我對其他女生沒有過相同的感覺。」

「懂了。」

「對了，你眞的不跟同一個女生做第二次喔？」

「對。」皇甫絳也穿好衣服，看了一下退房時間。

「眞可惜，爲什麼要有這樣的規則？」

「因爲多做幾次會暈船。」

「暈船？你？」女孩說完後笑了笑，「啊，我懂了，女孩子容易暈船。也是啦，你這麼優秀，要是跟你有肌膚之親太多次，眞的挺容易暈船的。」

「以這樣換女伴的速度來看，我大概很快就沒有對象了。」皇甫絳自嘲。

結束和女孩的對話後，他內心不禁想，或許他對周夜蒼眞的有著性慾。

然而這樣的慾望，或許是因爲那個午後的餘燼未了，才會蔓延至今。

如果在他已經知道周夜蒼是男性的情況下再接吻一次，他可能就會清醒過來，畢竟他並不是同性戀，他明白他們絕對不可能繼續下去。

有了這個想法後，他決定立刻採取行動。

這天，皇甫絳來到周夜蒼的教室外面，又看見他和袁晴正在聊天。

好像除了袁晴以外，他沒見過周夜蒼和其他女生往來。

袁晴是他的女朋友嗎？

不對，他見過周夜蒼因爲繆子倫的觸摸而有了反應，所以周夜蒼應該喜歡男生，或者是他單純對繆子倫有「性」趣？

但這麼說也不太準，畢竟和眾多女性發生關係的自己，不也想著周夜蒼而夢遺了嗎？

「喂，周夜蒼。你這個週末有空嗎？」

「沒空！」周夜蒼馬上就回絕的模樣看起來怪可愛的，同時也破綻百出。

爲什麼周夜蒼老是一副很怕他的感覺？

「那就明天放學？」

「不行！」

「好，那就今天。我放學後會來找你。」皇甫絳不給周夜蒼拒絕的機會，還故意搭了一下周夜蒼的肩膀，接著也刻意向袁晴打招呼，結果她的反應十分爆笑。

皇甫絳帶著既期待又有些忐忑的心情等待放學時刻到來，他怕周夜蒼會先落跑，一打鐘就立刻衝到周夜蒼的教室外，就見到周夜蒼還好端端地坐在位子上。

很好，這樣很好。

皇甫絳隨後帶著周夜蒼來到繆子倫提過的樓梯間，這裡果然沒什麼人，而且也很安靜。

「我、我有事情想要先說。」

在這幽暗的樓梯間，周夜蒼那手足無措的樣子，沒來由地讓皇甫絳跟著有些緊張，沒等他說完，劈頭就先問：「你是不是喜歡男生？」

周夜蒼點頭承認了，並在聽到皇甫絳注意到他那天在廁所勃起的事情後，漲紅了臉。

啊……該死，皇甫絳察覺到那股騷動不安的感覺再度湧上心頭。

皇甫絳必須要確認，在「認知」到周夜蒼是個男生後，自己還能對他產生性慾嗎？

若眞的還能有感覺，表示自己也是同性戀嗎？

還是他只是對「周夜蒼」這個人有慾望？

在周夜蒼根本來不及反應的情況下，皇甫絳再次吻上了他的唇。

儘管距離那天午後已經過了好幾個月，周夜蒼的唇仍舊如記憶中一樣甜膩，讓皇甫絳想索求更多。

哇，這眞是糟糕了。皇甫絳心想。

他想要得到周夜蒼，此刻，就在這裡。

所以他吻得更加深入，強迫周夜蒼回應自己。

周夜蒼笨拙地將舌頭也探入皇甫絳的口中，皇甫絳從未如此瘋狂過，他的手往周夜蒼的下半身摸去，感受到對方的那處正昂揚著。

「不！」周夜蒼卻冷不防推開了皇甫絳，泫然欲泣地道歉，「對不起，我、我很噁……」

「不會啊，我不覺得有什麼問題啊。」皇甫絳勾起嘴角，再次吻住他，並拉著周夜蒼的手摸向自己的下身，「你看，我們的反應一樣。」

周夜蒼搞不清楚現在是什麼狀況，他還沒能來得及表達心中的疑惑，便在強烈的刺激與衝擊下，隔著褲子在皇甫絳的手裡解放了。

「嗚嗯！」周夜蒼忍不出發出呻吟，在皇甫絳的懷中顫抖。

「哇！」皇甫絳感受到手掌心的濕潤。

「你爲什麼……爲什麼要這樣……」恢復理智的周夜蒼不自覺流下眼淚。

沒想到周夜蒼竟然哭了，皇甫絳有些慌張……不對，他更興奮了。

這是怎麼回事，爲什麼他會有這樣的情緒？

皇甫絳暫時不想去分辨，只想依循本能行動，於是他低頭舔去周夜蒼臉頰的淚珠。

周夜蒼再次嚇傻了，不明白皇甫絳爲什麼要這麼做。

「喂，只有你自己射了，這不公平吧？」皇甫絳拉起周夜蒼的手放到自己的褲襠前，「讓我跟你一樣，你就不用哭了吧？」

「可是、可是爲什麼……你不是……」周夜蒼的話沒有說完，摸著皇甫絳的那處，他忍不住嚥了口水。

「幫我。」皇甫絳在他耳邊輕語，才剛解放的周夜蒼再次有了反應。

樓梯間充斥著他們情慾的氣息、呻吟，還有衣服摩擦的聲音，並伴隨著親吻的聲響。儘管周夜蒼的技術生澀笨拙，卻使得皇甫絳格外興奮，甚至到了幾乎發狂的地步。

沒過多久，皇甫絳的白液便射在內褲裡。

僅僅是周夜蒼的手就能讓皇甫絳這麼有感覺，如果換成是他的身體呢？

「喂。」皇甫絳輕咬周夜蒼的唇，「我們要不要保持這樣的關係？」

不是交往，不是喜歡，而是肉體上的維繫。

這算不算是他反抗皇甫家的一種方式？

他不再是皇甫家的傀儡，而是能靠自己的意識，做一些讓皇甫家感到羞愧的事。

與周夜蒼之間的關係，應該算是吧。

第六章

「我決定在大考前跟繆子倫告白。」袁晴不知道已經是第幾次這麼說了，只是告白的時間會從大考變成寒假、暑假、運動會、考完試等等之類的字眼。

「我已經聽膩了。」周夜蒼將書放回書架上，「還有，妳如果不看書，就不要來圖書館，很吵。」

「吼，我有皇甫絳吵嗎？他還帶女生來圖書館親熱耶。」袁晴翻了個白眼，隨即注意到周夜蒼握住書本的手一緊，便意識到自己說錯話了，「我不是那個意思……」

「我知道。」周夜蒼一笑，將另一本書也放回書架上。

語畢，他就看見皇甫絳又帶著不同的女生來到圖書館，經過書架前還特意看了周夜蒼一眼，注意到袁晴也在，他還笑著打了招呼。

但袁晴只是對他做了個鬼臉。

「我真是受不了他耶，他到底在想什麼？」袁晴看著皇甫絳又帶著女生來到他的專屬角落，接著就是一陣嬉笑聲跟些微的呻吟。

「不要在這邊聊。」周夜蒼勉強扯出一個微笑，和袁晴回到圖書館櫃檯。

「講眞的，我要去檢舉他把圖書館當免費汽車旅館。」袁晴也坐進櫃檯裡，幫周夜蒼一起整理書籍。

「你檢舉他做什麼？妳會被女生們講成是嫉妒皇甫絳和其他女人上床就是不跟妳做，所以才會做這種事。」

「什麼？爲什麼會有這種傳言？」

「妳不知道嗎？皇甫絳不是很愛跟妳打招呼又沒和妳上過床？所以女生們都在傳妳和皇甫絳可能是青梅竹馬，還是其他關係，總之就是特別的存在。」

「噁噁噁噁！」袁晴渾身起雞皮疙瘩，「不會連繆子倫也信這個吧！皇甫絳之所以很愛鬧我，不就是因爲我跟你是好朋友的關係嗎？」

「妳小聲一點。」周夜蒼將新進的書籍貼上貼紙，「妳說妳要跟繆子倫告白，但妳和他有什麼進展嗎？」

講到這個，袁晴就滿臉洋溢著幸福。

從她一年級對繆子倫一見鍾情到現在高二都快結束了，她和繆子倫始終保持一段距離。雖然沒有眞正聊天過，但是時常對上眼，然後兩個人都會馬上移開視線，接著又再次看向彼此。

這樣的小曖昧持續了一年，他們都不嫌煩。但事實上到底是眞的曖昧，還是袁晴自我感覺良好就不得而知了，因爲袁晴不准周夜蒼去問繆子倫，而繆子倫也沒有主動問起有關袁晴的事情。

不過依周夜蒼的觀察，繆子倫確實也不是沒有把袁晴放在心上。

「啊，鐘響了，我們回教室吧。」袁晴拉著周夜蒼就要走，周夜蒼卻下意識望向皇甫絳所在的角落。

「你還看他做什麼，這角度也看不到啊。況且他……」

「妳先回去吧，我要先把這些書的資料輸入完畢。」

「已經上課了耶，就算是圖書館志工，也要準時上課啊！」袁晴瞇眼，「難道你想等皇甫絳？」

「不要鬧了，我剩幾本就處理完了，本來每個禮拜這段時間就是進書時間，我都會比較晚進教室，妳沒注意到嗎？」

「好吧，那我先回去，你快點啊。」

袁晴前腳剛走，和皇甫絳纏綿的那位女同學也離開了。

皇甫絳隨後走出書櫃區，他看了周夜蒼一眼便離開圖書館。周夜蒼見狀，加快速度將最後一本書處理完，走出圖書館，並且將門鎖上。

周夜蒼在門前停頓了一下，隨即轉身往一旁的樓梯走上去。

皇甫絳坐在樓梯間對他一笑，並且伸出手。

周夜蒼面無表情，伸手牽住皇甫絳，皇甫絳一把將他拉進懷中，剛才親吻過別人的嘴，現在正吻在周夜蒼的唇上。

周夜蒼推開了皇甫絳。

「怎麼了？」皇甫絳食指勾著周夜蒼的下巴，作勢吻上。

「我不要。」周夜蒼閃躲，「你不需要一直帶女生到圖書館來給我看。」

皇甫絳一愣，沒有說話。

周夜蒼看著他，覺得此刻的自己非常狼狽，「我知道你的意思，所以你不需要這麼做。」

「……我沒什麼其他的意思。」

「是嗎？」周夜蒼冷笑。

「眞的，所以……不要拒絕我，我們的時間不多。」說完皇甫絳又不容拒絕地強勢吻上周夜蒼，手也往他胸前的突起摸去。

「等……等一……」周夜蒼呻吟著，他討厭每次皇甫絳都用這種方式逃避話題，也痛恨每次都會被敷衍過去的自己。

他沉淪在皇甫絳的愛撫、親吻，還有這份虛假的情感之中。

✦

皇甫絳從來沒說過喜歡周夜蒼，或是要跟周夜蒼在一起。畢竟，周夜蒼是個男性，而且就算他對周夜蒼有性慾，也不代表他喜歡周夜蒼。

就像他和許多女生發生關係一樣，那並不是愛情。

就算他想談一場眞正的戀愛，也不可能找周夜蒼。反正他的未來早已被決定了，他的伴侶一定也如同父母的婚姻般，是被安排好的。

既然如此，他何必花時間和精力談戀愛呢？要是不小心太過認眞，又沒有辦法有未來，豈不是很痛苦？既然如此，何必開始？

隨心所欲地生活，不用對任何人負責，不用被任何人記掛在心上，這樣對他才是最好的，不是嗎？

只要把規則建立好，就沒有問題，所以皇甫絳不會和同一個女人上床第二次，他小心地不讓任何人變得特別。

但周夜蒼不一樣。

不是因爲周夜蒼很特別，而是皇甫絳並沒有和他上過床，那麼這就不算違背原則，他還是可以和周夜蒼繼續有親吻、肢體接觸等行爲。

然而皇甫絳和女人的關係、和周夜蒼的關係，都只是他想要讓皇甫家覺得丟臉的一種消極抗議。

諷刺的是，皇甫絳沒有辦法讓其他人知道他與周夜蒼的關係。

在另一種層面上，或許皇甫絳自己也覺得與一個男性有這樣的關係很丟臉……可他又爲什麼會對男生產生性慾？

周夜蒼對自己會這麼有吸引力，一定只是因爲他們同樣身爲男性，知道該怎麼做對方才會感到舒服。

這與情愛無關，只是生理需求罷了。

是了，一定是這樣。皇甫絳這麼說服自己。

皇甫絳和周夜蒼時常在樓梯間幽會。

起初很簡單，只有親吻、隔著衣服愛撫至解放。後來皇甫絳還會去碰觸周夜蒼的胸部，一開始周夜蒼會抗拒，認爲那是女人才會需要的愛撫，但漸漸地周夜蒼也學會享受這種感覺。

更之後，皇甫絳將手伸進周夜蒼的衣服裡，直接撫摸他胸前的敏感地帶，周夜蒼爲此發出的呻吟讓皇甫絳更爲興奮。

再更之後，皇甫絳將手往周夜蒼的褲襠裡移去。

「等一下，這樣太超過了！」周夜蒼抗拒著。

「太超過？是地點不好嗎？」正在興頭上的皇甫絳喘著氣，看了一下手錶，「剩下兩分鐘就要打鐘了，你確定要這樣回教室？你受得了？別人要是注意到會怎麼看你？」

「你……隔、隔著褲子，跟之前一樣就好。」周夜蒼囁嚅地說。

「我已經不想再把褲子弄得黏糊糊了，你也不想帶著精液的味道回教室吧？」皇甫絳輕咬著周夜蒼的脖子，「乖，聽話。」

皇甫絳的手解開周夜蒼的褲頭，伸進內褲中，毫無阻礙地握住了周夜蒼的硬挺。

「嗯……」

「這麼硬，很難受吧？我馬上幫你解決。」皇甫絳第一次直接碰觸周夜蒼的下身，他完全不覺得噁心，反而在見到周夜蒼迷濛的表情後更加亢奮。

皇甫絳的手在周夜蒼硬挺的前端來回刺激著，使得它不斷湧出稠液。

「嗯……嗯嗯，啊……」在皇甫絳手指快速來回的摩擦、搓揉之下，周夜蒼很快就繳械投降，在對方的手掌中噴瀉出液體。

「很舒服吧？」皇甫絳伸出手，看著掌中的白濁，不知怎麼地很有成就感。

周夜蒼趴在皇甫絳的肩頭喘氣，鐘聲正巧響起，然而皇甫絳的分身依然昂揚，還沒獲得解放。

「那你、你怎麼辦？」

「我自己來就好，你先回去上課吧。」

「但、但是……」周夜蒼覺得只有自己舒服，感覺有些不公平。

「你們這堂是數學課吧？老師不是很凶嗎？再怎樣圖書館的志工也不能太晚回去吧。」皇甫絳擺擺手，要周夜蒼快點離開。

「好吧。」周夜蒼從口袋裡拿出衛生紙，擦去皇甫絳手中的黏液，「那至少讓我幫你擦乾淨。」

「哈。」皇甫絳搖頭，「你還是快穿好褲子吧。」

「那我走了……」周夜蒼整理好衣著，還是站在原地看著皇甫絳。

「快走吧。」直到皇甫絳又催了一次，周夜蒼才點頭離開。

「唉……」皇甫絳嘆口氣，拿出手機，翻找訊息，看有哪個女生能盡快解決他的燃眉之急。

但他看了一圈名單，最終仍舊作罷，自己去到廁所隨意解決後，心底泛起一陣空虛。

✦

期末考的成績在暑假中揭曉，皇甫絳依然是全校第一，而周夜蒼和袁晴也考得不差。

「所以說，妳打算什麼時候告白啊？」在速食店裡，周夜蒼一面在參考書上寫下算式，一面不忘關心袁晴的感情生活。

「我不是說大考前嗎！」

「如果被拒絕，考試會不會考差？」

「不會！被拒絕會讓我更加努力準備念書！」

「那如果他答應了，會不會就沒辦法專心念書？」

「不會！我會更努力，以和他考上同一所大學爲目標。」

周夜蒼停下手上的動作，「妳知道繆子倫要念哪所大學？」

袁晴點頭，從書包裡拿出個人資料蒐集冊，然後翻開其中一頁給周夜蒼看。

「妳居然把這本子拿給繆子倫寫了？」周夜蒼很佩服袁晴的勇氣。

「嗯，繆子倫要考的是A大，依照我現在的成績有點危險。」袁晴嘆氣，「對了，你想考哪一所大學？」

「喔？妳也會關心我啊。」

「那當然，我們國小、國中、高中都同班，還是好朋友，不關心你也太說不過去了吧。」袁晴拿起周夜蒼的薯條，邊吃邊笑。

「大學可就沒這個緣分了。」周夜蒼也拿了袁晴的雞塊，「我打算考K大的心理學系。」

這答案讓袁晴感到意外，「心理學系？從來沒聽你說過對這個科系有興趣！」

「是啊，我也沒想過。」

「爲什麼想念心理學系？」

周夜蒼喝了口飲料，「我……聽過一種說法，同性戀是種病。」

「什麼？才不是病！那是先天——」

「我的想法是這樣的。」周夜蒼打斷袁晴的話，「有些人不是會說，某某人一看就是同性戀嗎？我們扣掉歧視的部分，同性戀好像都會有一種氣質，一些特定的個性、行爲、喜好等，例如自戀、自大、時尚敏感。有些人則是沒自信、自卑、自我保護等……在某種程度上，這些算不算是一種心理疾病？」

「才不……」

「我不是說喜歡同性是一種疾病，而是說群體的多數性格，或是有沒有可能擁有某種特質的人，比較容易變成同性戀？」周夜蒼說不清楚自己想表達的意思，「所以我想讀心理學系，想看看能不能解決我一直以來的疑惑。」

袁晴握住周夜蒼的手，表情憐惜，「周夜蒼，喜歡男人不是病。你如果要說群體特定的性格，那大家會說金牛座小氣、天蠍座心機重，難道他們也有病嗎？」

「我知道妳是希望我不要那麼想，但我並不是貶低自己，我只是想從另一種角度去思考一下……我和皇甫絳的關係。」

袁晴瞪大眼睛，「你現在願意和我聊皇甫絳嗎？」

周夜蒼環顧四周，確定速食店裡目前客人不多，才壓低聲音，「我……只是想說，皇甫絳不是同性戀，也沒有同性戀的特質，那他爲什麼能與我保持……關係？期間還不斷與其他女性上床？」

「或許他是深櫃，沒遇到你之前沒不曉得自己原來對男人有興趣。」

「總覺得沒這麼簡單……」周夜蒼想起高一時，自己從那本書上所獲得的想法，或許皇甫絳喜歡的是他的靈魂，無關性別。

可皇甫絳不愛自己，不是嗎？

如果把周夜蒼的靈魂放到繆子倫的身體裡，皇甫絳也會對繆子倫有慾望嗎？相反地，把繆子倫的靈魂放到周夜蒼的身體裡，皇甫絳也會這樣親吻他嗎？

周夜蒼猜不透皇甫絳，也不知道該怎麼問。

他愛著皇甫絳嗎？

喜歡被皇甫絳碰觸，就等於愛他嗎？

被皇甫絳吸引，是愛嗎？

「周夜蒼，」袁晴輕輕搖晃他的手，「不要想得太複雜，好嗎？」

周夜蒼回以微笑，「不管怎樣，我就是想念心理學系，就算最後找不到答案，或許……我可以幫助別人。」

「那……皇甫絳想念哪所大學呢？」

周夜蒼心一驚，「我、我不知道。」

袁晴輕輕嘆息，「皇甫家世代都讀K大法律系，這件事情應該不難知道。」

被拆穿的周夜蒼的臉紅了起來，握緊了筆不知道該說些什麼。

「只是湊巧而已，K大的心理學系剛好也很不錯。」

「你覺得你們的關係會維持到什麼時候呢？」

原來一直以來都喜歡開玩笑的袁晴，其實在心裡並不看好他和皇甫絳嗎？

倒也不意外，皇甫絳和他的那些行爲根本不能代表什麼。

「任何關係都有結束的一天，我不想討論了。」

袁晴不再多說，轉移了話題，聊起她的告白計畫，以及考試內容。

無關性別，愛情這種事情，本來就是千古難解之題。

✦

升高三的暑假期間，皇甫絳幾乎每天都會聯絡周夜蒼，有幾次約在市立圖書館見面，美其名是讀書，不過最後兩人還是會找個地方幽會。

見面的地方不像在學校圖書館旁那麼隱密，所以他們不會每次都讓彼此達到高潮，但兩人的接觸就彷彿有了既定的流程般，皇甫絳總是會親吻他。

某日，周夜蒼家中沒人，於是他向皇甫絳發出邀請。

既然這段關係總有結束的一天，那麼至少在結束以前，周夜蒼希望自己的第一次可以給皇甫絳。

周夜蒼沒想到自己也會有這種少女心態。不過好像也不奇怪，他喜歡皇甫絳，而他有許多第一次都是和皇甫絳共同經歷了，所以他希望所有第一次的回憶，都有皇甫絳的身影。

「你要不要來我家？我家今天沒人。」

皇甫絳已讀很久以後，傳來一句話。

「你家人知道你是嗎？」

周夜蒼覺得皇甫絳的問法很奇怪。

「我不知道，沒跟他們討論過。要來嗎？」

這一次皇甫絳倒是很快就回應了。

「嗯。」

周夜蒼覺得心癢難耐，他在家中來回踱步，確認每一個角落都沒有灰塵，每樣物品都擺放在最完美的位置。

周夜蒼連保險套跟潤滑劑都準備好了，他所有對於男性之間性行爲的知識都是從網路學來的，不知道能不能成功。

「我在門口了。」

皇甫絳的訊息一傳來，周夜蒼立刻就衝到玄關開門。

穿著便服的皇甫絳就像是夏日的海洋一樣，周夜蒼一見到他，心情就好上不少。

「你爸媽眞的不在？」皇甫絳一邊東張西望，一邊在玄關脫下布鞋。

「不在……這是什麼？」周夜蒼望著皇甫絳手上提著的東西。

「喔，見面禮。」皇甫絳將手裡的雞精禮盒遞給他，「我隨便從家裡拿來的，這是習慣，只要到別人家，我都會這麼做，兩手空空感覺很失禮。」

「你不需要特別帶禮物過來啊。」周夜蒼雖然這麼說，還是收下了。

皇甫絳參觀了周夜蒼家的客廳，看見一旁櫃子上的照片，忍不住一笑。怎麼周夜蒼從小就長得這麼可愛，他身體的組成成分是什麼？可愛嗎？

周夜蒼將雞精收進櫥櫃裡，看著出現在自家的皇甫絳，感到很不可思議。高一時的他絕對想不到，皇甫絳會出現在這裡，甚至自己的房間。

「所以……你約我來，絕對不是爲了念書吧？」皇甫絳並沒有回頭，依舊看著周夜蒼的家庭合照。

周夜蒼有著普通的家庭、普通的父母，家裡的擺設中規中矩，卻很溫馨，充滿著生活氣息，和皇甫家的冰冷感完全不同。

「你也沒有帶書來啊。」周夜蒼嚥了口水，「你……不是不和同一個女人上床第二次嗎？爲什麼會持續和我見面？」

「我和你又沒有眞正上過床，所以不算違背我的原則。」

「今天過後，你還會跟我見面嗎？」

皇甫絳轉過身，臉上笑意依舊，卻不若往常，更帶了點冷然，「那就要看我們今天有沒有上床。」

周夜蒼握緊雙拳，「我的房間在那裡。」

他的聲音有些顫抖，步伐也有些踉蹌，但是他下定決心了。

如果他和皇甫絳這樣不上不下的關係繼續維持下去的話，他會沒辦法集中精神，沒辦法好好念書……

然而這眞的是他這麼做的理由嗎？

無論和皇甫絳的關係如何，周夜蒼都已經決定要考皇甫絳一定會去的K大了，那他爲什麼還要這麼做？

兩人保持這樣不明不白的關係，豈不是更好？

「怎麼不走了？」皇甫絳從身後攀住周夜蒼的肩膀，輕咬他的脖子。

周夜蒼感覺後頸傳來一陣酥麻。

是啊，想這麼多做什麼。他就只是想和皇甫絳走到最後一步，至於未來會怎樣，他暫時無心思考。

和周夜蒼親密接觸這麼多次，皇甫絳還是第一次看見他的身體。果然跟皇甫絳的想像一樣，周夜蒼全身上下都如同精美的陶瓷娃娃般完美無瑕。

說實話，皇甫絳先前並沒有準備好要和周夜蒼走到最後一步，但是當周夜蒼主動邀請他的時候，他無法拒絕。

或者，他也不想拒絕。

皇甫絳三兩下便脫掉了上衣，僅穿著內褲，注視著眼前近乎全裸的周夜蒼。

周夜蒼覺得害羞極了，他是不是太早把衣服脫光了？這樣似乎顯得他好像很迫不及待。

不過……本來就是他向皇甫絳發出邀請的，不是嗎？

「你準備得很齊全啊。」皇甫絳看著床邊的潤滑劑和保險套，「其實有凡士林就可以了。」

「我、我想說……用專業一點的……」周夜蒼彆扭地用手遮住自己。

「不要遮。」皇甫絳拉開周夜蒼的手，俯身含住他的胸前。

「啊……」周夜蒼不自覺地發出呻吟，那處從未被如此刺激過，一股強烈的酥麻感傳遍全身。

少了褲子的遮掩，周夜蒼下身的反應無所遁形。

皇甫絳當然也注意到了，他沒有停下，唇舌之間發出引人遐想的水聲。快感與羞怯幾乎要將周夜蒼的理智淹沒。

皇甫絳將周夜蒼壓在身下，手指輕輕在他另一側的胸口上打轉、挑逗。

周夜蒼挺起了腰，本能地想向皇甫絳索求更多。

「可惡……」皇甫絳低喃，另一手摸上周夜蒼勃起的前端。

結果周夜蒼居然忍不住就解放了。

「哇，好快。」皇甫絳看著自己的手掌，勾起嘴角。

「又、又是我先……」周夜蒼咬著唇，淚眼汪汪的模樣讓皇甫絳更加憐愛。

「就當是我技術好囉。」

「我、我也想讓你舒服……每一次都是你幫我。」周夜蒼不甘示弱地起身，主動摸上皇甫絳的分身。

好燙……

他跪在皇甫絳的雙腿間，撫摸著那連內褲幾乎都要包不住的碩大，手指隱約帶著顫抖。

「你要做……」皇甫絳笑著想摸周夜蒼的頭。

不等皇甫絳說完，周夜蒼快速脫下他的內褲，含住了他，笨拙地上下吸吮。

「你……唔！」皇甫絳沒想到平時害羞的周夜蒼居然會主動這麼做，他頓時倒抽了口氣。

周夜蒼的技巧絕對不算好，偶爾還會不小心弄痛皇甫絳，但正是因爲這樣的青澀，讓皇甫絳更加興奮。

爲什麼如此拚命想要取悅自己的周夜蒼會這麼可愛？

他的一切看在自己眼裡都好可愛。

「不妙……」皇甫絳壓著周夜蒼的頭，一陣電流般的強烈快感襲來，他一下子就失控了。

他平常沒那麼快的，又不是沒有過這種經驗，爲什麼周夜蒼技術這麼爛，反而讓他提早洩出來了？

「把那些東西吐掉。」

「咦？吐……」周夜蒼抬手抹了下嘴唇，口腔裡充斥著皇甫絳的味道，「我已經……」

「你呑下去了？」皇甫絳瞪大眼睛，「那不用呑！」

「我以爲……」

「過來。」皇甫絳忍不了了，即便已經射過一次，也沒辦法緩解他想要占有周夜蒼的衝動，他一把將周夜蒼推倒，吩咐道，「背對著我。」

周夜蒼笨拙地挪動身體，隨即屁股被人用力一拍，讓他發出吃痛的驚叫聲。

「自己抬起來。」

皇甫絳瞇著眼睛打量眼前所見，周夜蒼的身體完全符合他的喜好。

隨後，皇甫絳將大量的潤滑劑擠在手指上，耐心地爲周夜蒼的身體進行擴張。

「會痛嗎？」皇甫絳幾乎要認不得自己的聲音，他努力壓抑慾望，連說話都覺得費力。

「不、不會……只是……感覺很奇怪……」周夜蒼的語氣帶了點哭腔。

「放鬆一點，把自己交給我。」

皇甫絳撕開新的保險套爲自己套上，蓄勢待發。

在被慾望徹底淹沒的同時，他心想，自己和周夜蒼終於要進行到最後一步了。

在那之後，他們會變成什麼樣的關係呢？

第七章

「周夜蒼，你在發呆嗎？」女孩圓潤的雙眼眨巴眨巴地看著周夜蒼，瓜子臉蛋與波浪長髮讓她顯得十分美麗動人。

「沒什麼，想起以前的事情罷了。」周夜蒼聳肩，將書本闔上，接過女孩遞過來的飲料，「朱盈，妳又怎麼了？」

朱盈瞇眼微笑，接著坐到周夜蒼的身邊。

「沒事，就覺得你很浪漫，居然坐在哲學大道的長椅上看書，你瞧，楓葉都落到你頭上了。」朱盈伸手拿起落在周夜蒼頭頂的紅葉，歪頭看著他笑。

「小獼猴姊姊。」

「哇！停，不要這樣叫我！」朱盈咯咯笑著，然後垂下眼，「黑律言他……有說些什麼嗎？」

周夜蒼靜靜地沒有回話。

朱盈又嘆了一口氣，「我是不是很自私？」

「追求自己的夢想並不是自私。」

「我很喜歡和你聊天，你幾乎不會批評我……讓我覺得舒服多了……這是不是也是一種自我安慰？」

「朱盈，不要想太多，人生會自己找到適合的那條路，選擇並沒有對錯，就只是選擇而已。」

「是因爲你念心理學系的關係嗎？總覺得你好成熟，很多事情看得很開，和你相處時都讓人感到心靈平靜。」朱盈苦笑著，不知道自己哪一天才能夠像周夜蒼一樣成熟。

「妳在演藝圈發展得不錯，是妳的本事。妳和黑律言都有自己的課題要修，你們這段感情最後會如何都是你們的決定。不管怎樣，我們……」周夜蒼頓了一下，「我都還是妳的朋友。」

朱盈笑了一聲，「你對皇甫絳沒信心是吧？你覺得他會怪我。」

周夜蒼沒有回答，表示默認。

「我也覺得皇甫絳會怪我，他會認爲我自私自利，要求黑律言陪我念法律系，我自己卻考不上。承諾大二會轉系，卻又對教育感興趣，到後來甚至轉而投身演藝圈。」朱盈一口氣說完，「怎麼人生的變化這麼大？」

「妳如果要在意別人的想法，會很累的，最後我們能顧及的都只有自己。」

「嗯，謝謝你，我老是被你的話救贖。」朱盈喝了口飲料，接著又說：「你和皇甫絳差異這麼大，居然會是好朋友，這一點眞是不可思議。」

周夜蒼微笑，「孽緣，我們剛好高中同校而已。」

「唷，周夜蒼，你在那邊做……」從遠處走來的皇甫絳一見到周夜蒼，奮力朝他揮舞著手，卻在見到一旁的朱盈時愣了下，面容瞬間轉爲不悅。

「唉，你看他，臉色變得眞明顯。」朱盈輕笑，隨後起身，「爲了不惹他討厭，我想我還是先走吧。」

「不用啦，做妳自己。」周夜蒼拉著朱盈的手腕，要她別離開。

周夜蒼瞇眼，看著皇甫絳牽著一個女人來到他們面前，毫不掩飾不悅地說：「今天不用忙妳的演藝圈？」

朱盈不甘示弱，回以微笑，「你今天帶的女生也不一樣呀。」

「他從高中就是這樣，一點都不意外。」周夜蒼也笑了笑。

「呿。今天晚上要聚餐，我來只是要講這件事情。」皇甫絳瞥了朱盈一眼，「沒有邀妳喔。」

「我也沒空。」朱盈依舊微笑著。她和皇甫絳非常不合拍，無奈皇甫絳是自己男友黑律言同系的好朋友。

「你要走了？」周夜蒼看著皇甫絳，而他摟著身旁女人的肩膀，親吻了一下她的額頭。

「對，晚上見。」皇甫絳說完就轉身離開。

朱盈嘆了口氣，看著周夜蒼問：「你女朋友最近好嗎？」

「喔，還不錯。」周夜蒼說。

在不遠處的皇甫絳，聽到這句話時腳步頓了一下。

「我上次在路上遇到她，聽說你們打算同居？」朱盈沒注意到皇甫絳的反應。

「是有在討論，不過還是要看畢業後會在哪工作。」周夜蒼搖頭，「不然房租太貴了。」

「絳～怎麼了？」皇甫絳懷裡的女人見他停下腳步，輕搖了他的手臂一下。

這時，周夜蒼和朱盈才注意到皇甫絳尚未離開。

皇甫絳撐起微笑，轉過來看著周夜蒼，「沒想到你跟袁晴還在一起啊，三年了？你們都不膩啊。」

「快四年了，從高三到現在。」周夜蒼冷眼，「比你每個女人都無法超過三個小時來得強。」

「哈哈哈哈，因爲開房間的時間是三個小時嗎？」朱盈大笑起來，覺得周夜蒼十分幽默。

皇甫絳咬牙，沒說什麼就轉身拉著一旁的女人離開。

周夜蒼看著皇甫絳的背影，胸口一陣抽痛，但他仍揚起微笑對朱盈說：「妳吃東西了嗎？為了答謝妳請我喝飲料，我請妳吃下午茶？」

「如果妳女朋友不在意的話。」朱盈彎了彎嘴角，「啊，不過別告訴黑律言好嗎？」

「為什麼？」

「因為他今天和葉教授有會議要開，但我只有現在這段時間有空，我們可以相處的時間已經對不上了，我不想讓他覺得我無法跟他見面的時候卻跑去跟他的朋友吃飯。」

朱盈的理由有些牽強，然而周夜蒼只是聳肩，沒有多問。

畢竟黑律言是他的朋友，朱盈也是他的朋友。

當天晚上，袁晴來到周夜蒼的租屋處，渾身酒氣，滿臉通紅，用自備的鑰匙打開了門。

正在換衣服的周夜蒼聽見開門聲，皺眉對著一面脫鞋一面搖晃的袁晴說：「不是說了，要過來之前得先通知我嗎？」

「我有傳訊息給你呀。」袁晴將包包丟到一旁，邊走邊脫衣服，「我今天在這附近聚餐，喝太多了，想說就乾脆來你這裡過夜吧。」

「妳洗澡後才能上床，知道嗎？」

「知道。你要出去？」袁晴看著周夜蒼穿上外出服，又看了一下手錶，「都十點了欸？」

「我和大學朋友有聚餐。」

袁晴皺了皺眉，「不會是皇甫絳吧？」

周夜蒼的沉默似乎已經昭示著他的答案。

「唉。」袁晴走到他面前，伸手環抱住他，然後親了一下他的脖子，故意把口紅印留在他的衣領上。

「做什麼啦。」周夜蒼有點嫌惡地推開她。

「我是你女朋友耶～親一下不會怎樣吧？」袁晴笑著脫掉身上的衣服，只剩下內衣褲，就這麼搖搖晃晃地往浴室走去。

「傻眼，妳記得洗完頭要把排水孔的頭髮撿起來。」周夜蒼再三叮嚀後才離開租屋處。

他騎著腳踏車來到附近的居酒屋，皇甫絳和黑律言都已經到了。

「你怎麼遲到了？」皇甫絳看起來已經喝了幾杯，臉頰有些泛紅。

「聽說下午朱盈有來學校？」黑律言問。

周夜蒼選擇坐在黑律言的旁邊，點了杯生啤酒後便夾了一塊桌上的烤魷魚，「我跟她一起吃了下午茶，可是蛋糕吃一半她接到經紀人電話，急急忙忙就離開了。」

「所以說你幹麼還跟她吃下午茶？」皇甫絳有點不悅。

「我和朱盈是朋友，一起吃下午茶有什麼關係嗎？」周夜蒼看著皇甫絳。

「就……」

「好了，我也覺得沒關係，朱盈和大家都認識啊。」黑律言喝了一口清酒，「只是我今天和葉教授的會議取消了……如果朱盈可以跟我說一聲，我們就能見上面了。」

「就說她已經沒那個心了。」皇甫絳舉起酒杯，「乾杯吧。」

三個人杯碰杯後，一飲而盡。但皇甫絳卻看見周夜蒼領子上的唇印，他瞪大眼睛，忽然揪住周夜蒼的衣領，桌面一陣晃動，酒杯還差點打翻。

「你做什麼？」周夜蒼愣住，手裡的啤酒灑在身上。

「幹麼啊？」黑律言也不解地問。

「這是什麼東西？」

「什麼？」周夜蒼搞不清楚皇甫絳在講什麼，只想拿衛生紙擦拭自己被啤酒淋濕的褲子。

「這口紅印啊！」

口紅印？周夜蒼想起方才袁晴……她還眞是故意。

「袁晴剛剛過來家裡。」他簡短地說。

「所以你和袁晴是玩眞的？」

「你在講什麼？袁晴不就是他的女朋友嗎？」黑律言不懂皇甫綘突然發什麼瘋。

「對啊，你喝醉了嗎？袁晴是我女朋友，她要怎樣不是都可以嗎？」周夜蒼氣惱地看著皇甫綘。

皇甫綘呆愣著。是啊，他管什麼……

「抱、抱歉……」皇甫綘鬆開周夜蒼的手。

周夜蒼順勢用力推開他，拿起桌上的紙巾擦著褲子，覺得手有些顫抖。

事到如今……爲什麼皇甫綘還要做出這種舉動？

「我去廁所清理一下。」周夜蒼起身就往廁所走。

黑律言吃了一塊炸雞，而後看著皇甫綘一臉猶豫，然後說：「去道歉吧，你剛剛是怎樣？我可不想等等很尷尬。」

聞言，皇甫綘也往廁所走去。

他看見周夜蒼站在洗手臺前，用紙巾擦拭著褲襠附近，秀眉皺起，十分不悅的樣子。

高中時期，他第一次好好地看著周夜蒼的臉，也是在廁所。

「嚇！」周夜蒼從鏡子的反射看見皇甫綘，「你要嚇死我啊。」

皇甫絳上前，拿過周夜蒼手上的紙巾，蹲下身幫他擦拭。

「不用，我自己來就好。」

皇甫絳推開周夜蒼的手，繼續擦拭著，但那位置十分敏感，且皇甫絳不知道是不是故意的，不斷擦在周夜蒼的那處附近。

「走開！」

「你硬了。」皇甫絳忽然起身，抓住了周夜蒼的手，「你不是有袁晴了？怎麼還會對我有反應？」

「別笑死人了，高中之後，你不也能繼續和其他女人交往？」周夜蒼用力甩開皇甫絳的手，他跟以前不一樣了，已經不會再任皇甫絳擺佈了。

「周夜蒼！」

「不要叫我的名字，皇甫絳，你記得你跟我說過什麼話嗎？所以不要干涉我的感情生活。」周夜蒼深吸一口氣，「這是我當你朋友的條件，你忘了嗎？」

皇甫絳握緊拳頭，沒有回答。

周夜蒼抽出一旁的紙巾，用力擦去褲子上的水漬，「你洗把臉再出來！別讓黑律言察覺異常！」

周夜蒼離開廁所，留下皇甫絳一人，他雙手撐在洗手臺，垂著頭，搞不清楚自己現在到底在幹麼。

當初接近周夜蒼，是爲了釐清自己的性慾。

離開周夜蒼，是爲了自己的未來。

結果，他現在彷彿還是在原地踏步，什麼事情都做不好。

✦

升高三的暑假，周夜蒼邀請皇甫絳到家裡來的那天，就在皇甫絳要進入周夜蒼的身體時，周夜蒼家的大門忽然打開了。

「我們回來啦！」周夜蒼父母的聲音下一秒出現在玄關，「哎呀，有客人啊？」

周夜蒼和皇甫絳嚇得臉色蒼白，立刻起身穿好衣服。

「我忘記鎖門了！」周夜蒼輕聲說著令人不寒而慄的話，皇甫絳立刻轉頭看向房門，喇叭鎖還眞的沒鎖上。

慘了，要是周夜蒼的父母打開房門，看到床單上的黏液和潤滑劑，還有地上的保險套……

皇甫絳不敢想像那畫面會有多糟糕，要是事情傳到他父母的耳裡呢？皇甫律師事務所的臉都會被他丟光！

隨著腳步聲接近，他們渾身僵住，不知道接下來該怎麼做，只能衣衫不整地站著，傻愣愣等待接下來的修羅場。

「夜蒼啊，你有邀同學來家裡嗎？」門板的另一邊傳來敲門聲，讓兩個人瞬間回神。

「對、對！」因爲緊張，周夜蒼的聲音有些不自然，「我帶朋友來家裡了。」

「阿、阿姨好。」皇甫緈也立刻出聲打招呼，手忙腳亂地拉起床上的棉被，直接蓋住那一片狼藉。

同時，周夜蒼也迅速將地上的保險套等東西丟進垃圾桶裡，然後走去開門。

「哎呀，沒關係，你們玩吧。要吃點什麼呢？」周母似乎有些訝異周夜蒼會來開門，便順勢探頭對裡面強裝鎮定的皇甫緈打招呼。

「不、不用了，阿姨，我正準備要走了。」

「不多坐一會啊？」

「謝謝妳，阿姨，但我得回家了。」皇甫緈幾乎是落荒而逃般離開了周夜蒼家。

皇甫緈覺得好羞愧，也好羞恥，如果周夜蒼的父母沒有回來，他就會進入周夜蒼的身體裡了，然後呢？

他和周夜蒼會變成什麼關係？像那些只上床一次後就不聯絡的女生？還是變成持續上床的朋友？

這樣正常嗎？

奇怪，怎麼到了這個節骨眼，皇甫絳才忽然想起何謂「正常」？就因爲剛才差點被周夜蒼父母發現時，腦中浮現的那些擔憂嗎？他怕被發現、怕讓家族蒙羞。

「剛才很抱歉，我沒想到我父母會提早回來。」

皇甫絳看著周夜蒼傳來的訊息，看著螢幕上周夜蒼的頭像，不知道爲什麼他忽然很想哭，覺得一切很噁心又難以面對。

「可惡！」他在公園裡頭大吼，想起自己和周夜蒼過往的親密接觸，就讓他感到反胃，然而卻又控制不住地想侵犯對方。

「是你害我變成這樣！都是你的錯！要不是你，我根本不會做這種事！」

他打完這些話後，坐在長椅上哭了，而周夜蒼已讀後許久沒有回應。

直到皇甫絳冷靜下來，儘管已經於事無補，他還是在半夜收回了那些情緒性的發言。

隔天起床，周夜蒼終於傳來一則訊息。

「對不起。」

✦

喝完酒以後回到租屋處，已經是半夜一點，袁晴穿著小可愛與內褲，在周夜蒼的床上睡得很熟。

周夜蒼開了小燈，洗好澡，簡單整理了一下房間後，便躺到袁晴身邊。

「你回來了？」袁晴感受到床鋪的震動，睜開眼睛看著周夜蒼。

「妳故意在我的衣領上留下口紅印？」

「對，我故意的。」袁晴露出俏皮的笑容，睡眼惺忪地伸手抱住周夜蒼，「我打賭，皇甫絳看到那個口紅印，一定會有其他行動。」

「妳太多事了。」周夜蒼推開袁晴的手。

「我只是擔心我的朋友，這麼多年過去了，心還在同一個男人身上打轉。」袁晴輕輕笑了，「連我都忘記繆子倫長什麼樣子了，周夜蒼啊~你呀，太死心眼了。」

袁晴說完這些話，又沉沉地睡去了。

周夜蒼看著眼前這個自己不到十歲就認識的女孩，如今二十一歲了，他們陪伴彼此走過許多路程，從懵懂的情竇初開到性慾高漲的每次情事、從小小的暗戀到曖昧，從以為就要踏上戀愛的道路，到最後卻摔得粉身碎骨。

袁晴高三的時候，鼓足了勇氣向繆子倫告白。

袁晴以為繆子倫和自己的心意是一樣的，沒想到卻換來一句「對不起」。

「我其實對戀愛沒有興趣。」繆子倫的話讓袁晴簡直不敢相信，那麼他們之前那些時不時對上眼的曖昧又算什麼？

「因爲我覺得妳長得很漂亮，單純只是喜歡妳的長相而已，我眞的對談戀愛沒有太多興趣。」

袁晴無法理解繆子倫的這些話，「你覺得我很漂亮的話，那有沒有一點點可能會喜歡上我呢？」

「我喜歡觀察妳們這些漂亮的女生，喜歡看妳們眼睛的神態，喜歡看妳們臉上的各種表情。同樣的，我也認爲許多男生很帥氣，也會觀察他們的動作、說話方式和穿著，但這不代表就是那種喜歡……」繆子倫皺了眉頭，「如果讓妳誤會，我很抱歉。」

「你、你當我是笨蛋嗎？我怎麼可……」袁晴咬著唇，「不然你和我交往一個月看看，如果一個月後你還是沒辦法喜歡上我，我就放棄。」

「別這樣浪費時間吧。」

「這不是浪費時間，我這是在盡我最大的努力，要是我連試都沒試過就放棄，一定會後悔的。」袁晴懇求，「如果你喜歡上我的話，那我們就不會錯過彼此，要是你還是無法喜歡我，不就剛好可以甩掉我這個麻煩鬼了嗎？你也不吃虧呀。」

繆子倫沉思著，似乎在考慮袁晴的提議。

「我答應，我們就交往一個月吧。」

那是袁晴這輩子最開心的時刻，她喜出望外地馬上和他約在週末見面。

約會的前一天，袁晴花了一整個晚上的時間搭配衣服、敷臉、去角質、刮腿毛……做足萬全的準備，就是想讓繆子倫有個難忘的約會，讓他記得這一刻，讓他喜歡上自己。

「希望你也能喜歡我。」袁晴在睡前許了這個願望。

只可惜，那個願望永遠也實現不了。

✦

翌日，清晨的陽光從窗簾外透進來，照在袁晴長長的睫毛上，她反射性地翻身想要拉起窗簾遮擋刺眼的光線，結果卻摔下床。

「哇！」袁晴吃痛地坐起來，忽然意識到這裡不是自己的租屋處，因爲窗簾的位置不一樣才導致她摔下床。

被床邊動靜吵醒的周夜蒼慢條斯理地爬起來看著袁晴，「又摔下去了？」

「每次來你這邊都這樣。」

兩個人整理好後，到樓下吃早餐，袁晴一面滑著手機一面問：「所以皇甫絳現在還是跟高中一樣嗎？」

「妳是說他還是和各種女人往來嗎？沒錯。」周夜蒼夾起蛋餅，「差別就是這一切已經不關我的事了。」

「唉……」袁晴嘆氣，還想說些什麼的時候，就被周夜蒼打斷。

「妳跟朱盈說我們要同居？」

「啊，事實上不就是這樣嗎？」袁晴瞇眼笑了笑。

「是沒錯，可同居這字眼……」

「對其他人來說，我們就是在交往啊。」袁晴咬了一口漢堡，「我們就是在我被繆子倫甩了以後，才交往的命中註定的情侶。」

聽她說到高中時大家幫他們取的這個稱號，周夜蒼直搖頭。

「我一直被這樣說倒是無所謂，這樣就不會有其他女生喜歡上我。但是妳呢？妳總得交男朋友吧？」

「雖然我不記得繆子倫的長相了，然而他帶給我的傷害，我至今還無法釋懷。」袁晴聳肩，「反正我現在和朋友們在一起很愉快，一個人也很自由，心不必再爲了另一個人懸上懸下的，我覺得這樣很好。

「人啊，不是一定要談戀愛才行！」袁晴瞇著眼睛，對著周夜蒼認眞地說。

「那我也把這句話奉還給妳，人不是一定要戀愛！」周夜蒼用筷子指著她，「所以別再問我皇甫絳的事了。」

「唉唷，我們的狀況又不一樣，繆子倫根本沒辦法喜歡上人，那不是他願意的。」袁晴嘆氣，用力再咬了口漢堡，「至於皇甫絳，他就是個精蟲衝腦的賤男！」

「妳別這麼說他。」周夜蒼忍不住笑了，袁晴的嘴巴總是不饒人。

「見到你這樣，我就想多罵幾句。怎麼他之前說要跟你搞你就搞，說當朋友就好，你就繼續和他只當朋友，什麼都是他在決定啊！」

「袁晴，安靜。」周夜蒼夾了塊蛋餅塞到袁晴嘴裡，「我們就這樣繼續當假的男女朋友就好。」

「……皇甫絳會相信嗎？」她一邊嚼一邊問。

周夜蒼淺笑，「一開始可能不太相信，但時間久了，就不得不信了吧。」

在周夜蒼和皇甫絳上床失敗當天，周夜蒼收到了皇甫絳責怪他的訊息，周夜蒼盯著手機螢幕，整個人僵在原地。

周夜蒼不知道該怎麼回覆皇甫絳，他的腦袋一片空白，那天他做任何事情也都心不在焉，靈魂像出竅了一般。

晚上泡澡時，周夜蒼終於忍不住哭了出來。他想起高一時第一次見到的皇甫絳，臉上帶著自信的笑容，總是人群中的焦點，如魚得水地周旋在眾多女孩之間，無論遇到什麼事，他也都是一笑置之。

周夜蒼相信，幾年後，皇甫絳依舊會是人群的焦點，他會在法律界站穩腳步，之後也會成為皇甫律師事務所中家喻戶曉的新生代律師。

皇甫絳的未來是充滿光明的，他的一切都必須是能攤在陽光下供人檢視的。如果不是周夜蒼把他帶領進這個世界，如果周夜蒼能夠嚴厲拒絕他，那周夜蒼就不會毀了他。

「他本來就不是這個世界的人，我利用他的好奇心害慘了他，還想騙他跟我上床……我差點就讓他犯下回不了頭的錯誤，我差點就毀了他的人生！」」周夜蒼把臉埋進浴池中。

深夜，他鼓起勇氣再次點開皇甫絳的訊息，但對方已經把前面的訊息收回了。

周夜蒼回了一句：「對不起。」

周夜蒼在心裡不斷重複著「對不起」，對於他差點就毀了皇甫絳感到深深懊悔。

他暗自下了決定，這一切他會全部校正過來，如果可以，他這輩子都不會再與皇甫絳有任何關連了。

隔天周夜蒼在圖書館見到皇甫絳，還想著要怎麼開口時，皇甫絳已經帶著笑容，對他勾了勾指頭。

他們來到樓梯間，周夜蒼想著，要是皇甫絳又吻他了該怎麼辦？他好不容易下了決心，一定得堅定拒絕才行，必須推開皇甫絳，不能再淪陷下去了。

「你爸媽昨天有覺得哪裡奇怪嗎？」

「啊……沒有。」

「是喔。」皇甫絳的手放在樓梯扶手邊，「果然我還是喜歡女生。」

周夜蒼一愣。他想說的，皇甫絳先說出口了嗎？

這是不是代表皇甫絳也後悔了？差點被大人撞見的關係，讓他們兩個人都清醒過來了嗎？

這樣也好，這樣就好。

但是皇甫絳的話卻像利刃不停戳著周夜蒼的心，他感覺好痛，痛得幾乎無法呼吸。

「這樣才是正常的，不是嗎？不管怎樣，我們最後還是要結婚、生小孩，而要做到這些事情，對象都得是女生才行吧。」

「嗯。」

那就是皇甫絳該有的生活。

「希望你也能早點恢復正常。」

周夜蒼想，自己已經沒辦法過正常人眼中的「正常」生活了。

不過周夜蒼還是揚起微笑，看著眼前的皇甫絳說：「是啊，或許有一天，我也會喜歡上女生。」

「喔？你覺得那個女生會是誰？」皇甫絳刻意露出笑容，「袁晴怎麼樣？她一直在你身邊，你們兩個看起來的感覺也很不錯。」

「是呀，如果有一天我會喜歡上女生，對象一定是袁晴。」周夜蒼希望此刻自己露出的微笑很自然，在皇甫絳對他最後的記憶裡，他希望自己看起來還是得體的。

「幸好我們沒走到最後。」周夜蒼開口，這句話讓皇甫絳一愣。

「是啊，還好沒有走到最後。」皇甫絳附和。

這兩句話包含多少眞心，就連他們自己也不清楚。

「……我就先走了囉。」皇甫絳往後一退，下了一階臺階。

「嗯，我要回圖書館了。」周夜蒼點點頭。

「那就……拜拜囉。」皇甫絳原本想伸手拍拍周夜蒼的肩膀，舉起的手卻停在空中，猶豫半晌後放下，扯了一個笑容，轉身離開。

離開周夜蒼的世界。

周夜蒼慢慢走下樓梯，回到圖書館，一位女同學站在櫃檯前東張西望地等著借書。

「抱歉，讓妳久等了。」周夜蒼低著頭迅速走進櫃檯，拿起女同學的學生證掃了條碼。

「我想請問預約的書什麼時候會來？」

「我幫妳查詢一下。」周夜蒼俐落地操作著電腦，查詢了書籍到館進度。他想著自己沒有了皇甫絳，還是能夠過好生活，完成工作。

「你還好嗎？」

「什麼？」

女同學的臉上帶著擔憂，翻找口袋拿出衛生紙遞給他。

「爲什麼？」周夜蒼這句話才說出口，就發現有水珠滴到了自己的手背上。

周夜蒼這才發現自己的臉上布滿眼淚，他趕緊捂住臉，接過女同學的衛生紙，擦去淚水，「對不起，我只是……」

周夜蒼的話梗在喉間，發不出聲音，只能顫抖著不斷哭泣。

第八章

周夜蒼和皇甫絳高中的過往、經歷的一切，還有發生的事情、說過的話，袁晴幾乎都知曉。

正因爲如此，袁晴才會在周夜蒼問她要不要假裝交往的時候，毫不猶豫地答應。此外，也因爲那時候，袁晴剛好遇到了傷心的事情，無心戀愛。

於是兩個人就從國中那次的假交往後，又從高三一路假交往到大學。

「欸，男朋友，你有收到小學同學會的通知吧？」袁晴一天到晚往周夜蒼的租屋處跑，常常和他膩在一起。

「有收到，但我不打算去。」

「爲什麼？可以去告訴大家我們到大學還在交往啊，這樣不是很酷嗎？」袁晴開玩笑。

「算了吧，妳自己去就好。」周夜蒼把一旁的外套丟給袁晴，「妳今天不能在這裡過夜，我晚上要寫報告。」

「我知道，我也打算走了。」袁晴接住外套，「你當初說，自己是爲了解決疑惑才念心理學系的，你現在找到答案了嗎？」

周夜蒼搖頭，他最近有種感覺，自己可能一輩子也找不到答案。

兩人沉默了一會，袁晴才又開口，「我們M大也有心理學系，你知道吧？但你還是選擇了皇甫絳也在的K大。你明明就還忘不了……」

「好了，快點走啦，時間太晚了。」

「每次認眞跟你說話就要打斷我。」

「不然我能怎麼做呢？」周夜蒼反問。

正在玄關穿鞋的袁晴停下動作，轉過頭來看著他。

只見周夜蒼臉色黯淡，握緊拳頭看著電腦螢幕，「我的感情對皇甫絳只會造成困擾，我會毀了他的人生，他應該要有的未來是和女生結婚生子，撐起皇甫律師事務所，而不是跟一個男人搞在一起！」

「好好好，對不起，是我錯了，我不夠爲皇甫絳的未來著想！」袁晴早就聽膩了這些「爲了誰誰誰」的理由，「因爲我很自私，我只會爲了好朋友著想，我只希望我的好朋友快樂，沒辦法考慮其他人的人生！況且，你和皇甫絳的情感曾經是互相的不是嗎？他的身體能接受你，會因爲你而產生慾望！」

「只不過是慾望罷了，上床對很多人來說都很容易。」

「我就不行！」袁晴大吼，眼淚瞬間滑落，「繆子倫碰到我的瞬間就吐了！你明明更有機會，如果我是你，我一定會更努力綁住皇甫絳，就算毀了他的人生又怎麼樣？我一定會把他留在我身邊！」

「袁晴……」周夜蒼驚慌地看著袁晴。

她立刻衝出周夜蒼的租屋處，走廊裡回盪著她奔跑的腳步聲。

「我眞是……」周夜蒼很後悔自己剛才說出那些話，揭開了袁晴的傷疤。

她和繆子倫「交往」的時候，一切都很美好，他們有很多相同的興趣，也有聊不完的話題。

繆子倫還曾對袁晴說：「和妳在一起比我想像中來得開心。」

然而當他們第一次牽手的時候，繆子倫全身卻起了疹子。一開始袁晴以爲他是急性食物中毒，當他們急忙前往醫院的途中，疹子漸漸消退了。

「嚇死我了，還好沒事。」袁晴伸手覆在繆子倫的手臂上。

就在那一瞬間，疹子又迅速冒了出來。

繆子倫趕緊抽回他的手，「我大概知道是怎麼回事了。」

「怎麼回事？」袁晴睜圓眼睛，有種不好的預感。

「我沒辦法……和女生接觸，就像妳看到的，只要一和女生接觸，我就會起疹子。其實以前就會這樣，但我以爲妳不一樣。」

「你在開玩笑吧？你只是為了甩掉我，對吧？」袁晴露出僵硬的笑容，「還是……你是同性戀？」

繆子倫搖頭，表情很認真，「我只是先天性排斥女生，並不是同性戀。」

「你有必要因為想甩掉我，所以編出這些謊話嗎？你不如就像個男人一點，說你不喜歡我，我們不適合在一起！」袁晴流下眼淚，無法接受這樣的結果。

「我不是說過了嗎，我喜歡妳，跟妳在一起很開心，可我真的沒辦法和妳有肢體接觸。」

袁晴靠近繆子倫，「克服它！」

「什麼？」繆子倫卻步步後退。

「如果你真的喜歡我，那就克服它！」語畢，袁晴上前吻了繆子倫。

袁晴想像中的初吻不是這樣，應該要更浪漫才對，至少也該由男生主動，而不是像現在一樣……

下一刻，她突然被狠狠地推開。

繆子倫臉色難看地衝到路邊的水溝蓋嘔吐，這一幕讓袁晴愣在原地。

原來繆子倫真的沒有說謊，他渾身起了紅疹，比較嚴重的地方皮膚甚至腫了起來。他眼眶含淚在路邊狂吐，將剛才吃的東西全部吐出來。

連同袁晴的心意，也一併吐掉了。

袁晴那天哭得很慘，有什麼事情比喜歡的男生對自己的觸碰產生抗拒，還要令人難過呢？

尤其她當時還是正青春的少女，對自己充滿自信，對愛情充滿憧憬，對未來的一切都有著美好的想像。

袁晴的心徹底碎了。

「所以我才說我沒辦法和女生交往……妳還是去找其他更珍惜妳的男生吧。」繆子倫面色難受地說著。

於是袁晴哭著跑走了，她不懂爲什麼，也不明白那是不是一種疾病，或是心理因素造成的問題。

總之，袁晴和周夜蒼這兩個同病相憐的好朋友，決定依照國中時的方式，對外宣稱他們交往了，藉此保護彼此，也保護自己。

儘管很幼稚，卻是最實際的辦法。

✦

皇甫絳不相信周夜蒼和袁晴在交往，即便已經過去幾年了，他還是不相信。

畢竟周夜蒼喜歡男生，怎麼可能忽然有一天會喜歡上女生。

所以皇甫絳只是放任著這一切，只要周夜蒼不是和男生在一起，沒有遇見另一個喜歡的人，那就表示他在周夜蒼心中還占有一席之地。

皇甫絳知道這樣很自私，他不願意和周夜蒼在一起，又不希望周夜蒼愛上別人。

在那天午後，皇甫絳第一次體認到「和男生交往」的恐懼，他記得自己當時的顫抖，也忘不了自己的懊悔。

他渴望站在陽光下，而想要站在陽光下，身邊勢必得是一位和他相匹配的「女人」。

他忽然一愣，這不就是他的父母嗎？

然而，他的父母如今又是怎麼樣的狀況……不，停止思考這一切。

他不想深入探究了，只要記得自己在第一時間的反應，是強烈地想要離開周夜蒼，而不是和他在一起，那就行了。

於是，皇甫絳躲避了周夜蒼好長一段時間，儘管他仍時常來到圖書館外偷看周夜蒼在櫃檯的身影，卻不敢再和對方說話。

後來當大學放榜的時候，皇甫絳得知周夜蒼和他一樣考上K大，像是忽然得到了一個見面的藉口。

他以後也是K大的學生，他們高中、大學都同校，更該保持良好關係不是嗎？他用這藉口說服自己。

闊別幾個月後，他終於再次找上周夜蒼。

「周夜蒼，聽說你也考上K大。」

這句話他演練了許多次，但實際站在周夜蒼的教室門口時，他的聲音還是有些顫抖，好在下課時間的噪音很多，沒人會發現。

周夜蒼似乎很訝異皇甫繹的出現，瞪大了眼睛，這是這段時間以來，他們第一次看著對方的眼睛。

「有什麼事情嗎？」袁晴見狀立刻擋在他們之間，比起吃醋的女朋友姿態，她更像是在保護朋友。

所以皇甫繹放心了，他笑得眼睛都瞇起來了，也說不上來自己爲什麼會有這樣的心情。

「沒事，周夜蒼。大學再請多指教了啊。」

雖然不同科系，總歸他們是在同一所大學。想到未來還是能看見周夜蒼，皇甫繹心情很好。

✦

儘管都在K大，然而皇甫繹是法律系，周夜蒼是心理學系，兩個科系的大樓距離雖說不遠，但校園這麼大，也沒辦法隨便就遇到。

皇甫絳總不能沒事就去找周夜蒼。

「聽說心理學系有一個男的大方承認自己是同性戀，你有聽說過嗎？」上課的時候，皇甫絳聽見女同學們在討論。以皇甫絳對周夜蒼了解，他應該不會公開出櫃……難道心理學系除了周夜蒼喜歡同性外，還有其他男生也是？

皇甫絳不清楚同性戀喜歡上彼此的機率有多高，可如果雙方一開始就知道彼此的性取向都是男生的話，機率是不是就高上許多？

「欸，黑律言，你有認識的心理學系學生嗎？」皇甫絳詢問坐在一旁的朋友。

黑律言是個沒有任何法律背景，卻有著優異法律天賦的人。同時也是皇甫絳進入法律系後，唯一視爲對手的男人。

聽說黑律言是爲了女朋友才讀法律系，不過最後他的女友卻轉系去了教育學系。等等……教育學系好像和心理學系在同一棟大樓？

「我沒有認識的人在心理學系，但朱盈認識滿多心理學系的學生，因爲他們在同一棟樓上課。」黑律言答道。

「我們等一下去找你女朋友吧？」

「爲什麼？」黑律言皺眉。

「難道你在學校不會特意去見她嗎？這麼冷淡？」

「我可不想被生活不檢點的人這樣說。」黑律言雖然這麼回應，還是傳了訊息給朱盈。

於是下課後，皇甫絳陪著黑律言來到朱盈上課的教學大樓，他想碰碰運氣，看會不會遇見周夜蒼。

「嗨，我在這裡！」抱著一堆書籍的朱盈在大樓的中央休息區朝他們揮手，「怎麼這麼難得你會想來見我呀？」

「少故意這麼說，我明明很常來找妳。」黑律言的臉頰微微泛紅，朱盈見狀笑得十分開心。

難得看到黑律言表情如此多變，皇甫絳有些驚訝，難道在喜歡的人面前，眞的會表現得不一樣嗎？

「啊，你就是皇甫絳吧，黑律言跟我提過你。」朱盈親切地微笑，這是他們第一次見面。

「妳好。」皇甫絳也微笑，卻心不在焉。

「你在找人嗎？」朱盈敏銳地發現皇甫絳的異常，「從剛才你就一直東張西望。」

「呃……」他要問她嗎？要用什麼理由？

「啊，朱盈！」

當皇甫絳還在猶豫該怎麼開口的時候，一個熟悉的聲音從他身後傳來，朱盈則站起來朝他的後方揮手：「嗨！周夜蒼！」

眞是皇天不負苦心人，得來全不費工夫。皇甫絳心想。

「正巧遇到妳，這是上次妳要借的筆記。」周夜蒼完全沒發現皇甫絳，從背包裡拿出筆記本遞給朱盈。

「哎呀，下午上課再借我就好，明明是我跟你借，還麻煩你特地拿給我。」朱盈笑著收下筆記，然後看了一下黑律言，「正好，跟你介紹一下，這是我男朋友，黑律言。」

「你好，朱盈時常跟我提到你。」周夜蒼主動朝黑律言伸手。

「啊，你就是周夜蒼，朱盈也跟我提過你，她說教育系不是你的主科系，許多東西你卻理解得比她還要好，是她一同學習的好夥伴。」黑律言笑著說：「沒有你的話，她可能考試都不會寫。」

「吼，我只是融會貫通得比較慢一點。」朱盈抱怨。

「哈哈，太客氣了，我雙修要不是遇到朱盈願意和我分享筆記，我也忙不過來。」周夜蒼也笑著。

以前皇甫絳與周夜蒼相處時，他沒看過對方的臉上出現如此輕鬆又自在的笑容。

「啊，這位是我的同系好友。」黑律言比了比站在一旁的皇甫絳。

周夜蒼帶著微笑轉頭，一見到是皇甫絳，他的臉色頓時一僵。

「我們是高中同學。」皇甫絳揚起冷然的笑容，對周夜蒼點頭。

「原來你們是高中同學，太巧了吧。」朱盈覺得十分不可思議。

「是、是啊。」周夜蒼又變回高中時那種小心翼翼、畏畏縮縮的模樣，甚至還往後退了一步，「我還有事情，就先走了。」

語畢，周夜蒼就眞的逃走了。

「沒想到周夜蒼是你的高中同學，難道你問我有沒有認識心理學系的人，就是在找他嗎？」黑律言坐回休息區的椅子上。

「我也有事情，就先走了。」皇甫絳沒有回答，拿起自己的背包就要離開，「不打擾你們情侶相處了。」

見皇甫絳一溜煙地離開，朱盈歪頭，「所以他原本跟你來做什麼？」

「誰知道？」黑律言聳肩，握上朱盈的手，「妳大二會轉到法律系，對吧？」

「嗯，我會轉的。」朱盈將課本遞給黑律言，「但是……你可不可以陪我一起念這些，我根本搞不懂。」

黑律言看著那本厚厚的《心理與教育統計學》，嘆了一口氣。

「沒問題，我什麼事情都會幫妳。」

畢竟，他們是男女朋友呀。

周夜蒼沒想到會見到皇甫絳。他當然知道兩人念同一所大學，但因爲系所之間有點距離，在學校裡周夜蒼也會刻意避開可能會遇見皇甫絳的路徑，所以開學到現在，他不曾在學校遇見皇甫絳。

沒想到朱盈的男朋友居然是皇甫絳的好朋友，這世界會不會太小了？

周夜蒼心想，算了，就算皇甫絳是朱盈男友的好朋友又如何？反正自己跟朱盈的男朋友也不熟，再碰到皇甫絳的機會應該不大。

雖然周夜蒼依舊喜歡著皇甫絳，然而只要不見到他，就不會感覺特別疼痛。加上喜歡他已經是周夜蒼的日常，所以也不會因爲無法停止思念他而困擾。

周夜蒼過得很好，知道皇甫絳和他在同一所學校就好，兩人不需要有肢體接觸，更不需要保持良好關係。

他們只要在同一片天空下，在周夜蒼視線所及的那棟教學大樓中就好。

「周夜蒼！」

忽然一隻大手勾上周夜蒼的肩膀，他嚇了一跳，轉頭一看，原來是同系的阿方。

「嚇死我了，怎麼了？」

「你才怎麼了？看你那緊張的樣子。」阿方露出微笑，「該不會遇見你喜歡的人吧？」

見到周夜蒼瞬間臉紅，阿方吹口哨，「看來我猜中了啊！」

阿方就是心理學系那位公開出櫃的學生，但他可不是有勇無謀地公開這件事。阿方的家人對他的交友觀念持開放態度，他從高中開始就有一位穩定交往的男朋友，所以他認爲公開一切會比隱瞞來得更加自在。

阿方一眼就看出周夜蒼與他是同一種人，只是周夜蒼並沒有公開，所以阿方只能禮貌性地試探。最後讓周夜蒼打開心房，是在一次阿方和他聊到自己和男友的性愛過程。

「我是受，每次上床前都要準備一番，眞的很辛苦。」阿方嘆氣，「不過我覺得很幸福啊，這樣麻煩的性愛，才更顯得可貴不是嗎？」

周夜蒼聽了忍不住問阿方，直男會不會對男人有興趣。

「哎呀，你愛上直男啦？辛苦你了。」阿方當時給了周夜蒼一個擁抱，「我沒辦法給你絕對的答案，這誰都說不準。」

雖然阿方沒有解決周夜蒼的煩惱，可此後他們成爲了能分享祕密的朋友。

所以現在阿方一聽到周夜蒼遇見他暗戀的直男，立刻追問，勾著周夜蒼的手也更用力了，「怎麼回事？不是說他的系所離我們這裡有段距離嗎？他怎麼會跑到這裡？」

「唉唷，你好煩喔！不要問啦！」周夜蒼因為害羞，急著想推開阿方。

但阿方才不讓他逃呢，笑著說了句「別想走」。

突然，一雙手用力地推開阿方。

「你在做什麼？沒聽到他說不要嗎？」皇甫絳攬過周夜蒼，滿臉怒氣地看著阿方。

周夜蒼的心跳飛快，相隔這麼久，再一次近距離感受到皇甫絳的體溫和懷抱，讓他感覺彷彿時空錯亂般。

「幹麼啦，我只是……」阿方話還沒說完，一見到皇甫絳的臉，又看見臉紅且表情呆住的周夜蒼，頓時明白了。

「居然是皇甫絳啊……」

「你知道我？」皇甫絳沒聽懂阿方語氣中的意有所指，還以為對方要吵架。

「沒事沒事，不碰就不碰啊～」阿方覺得現在是撤退的好時機，轉身立刻跑走。

「你給我站住！」皇甫絳還想要追，不過周夜蒼馬上拉住他。

「你做什麼啦，那是我朋友！」

「朋友？他在對你動手動腳欸！」

「對我動手動腳的是你，放開我！」周夜蒼推開皇甫絳。

「我只是……」皇甫絳也不知道該說些什麼，「這是你的錯啊，我們不是朋友嗎？爲什麼老是不聯絡？」

「又沒什麼重要的事情。」周夜蒼不解，「況且我們在學校也沒什麼交集，何必要聯絡？」

皇甫絳有些被周夜蒼的話給刺傷了，「所以只要有交集就行了，對吧？」

「啊？」

「我走了。」皇甫絳轉身往另一個方向走，周夜蒼來還不及搞清楚是怎麼回事，手機就傳來震動。

「我看皇甫絳挺喜歡你的啊，加油，直男總是慢熱。」

周夜蒼看著這段訊息，扯了扯嘴角。皇甫絳那樣的行爲，在他看來，不叫喜歡，而是占有欲。

周夜蒼已經不會對皇甫絳抱著無謂的希望了，他和皇甫絳曾經那麼親密，卻仍舊沒辦法走到一起，現在更不可能了吧。

周夜蒼原以爲那天之後，皇甫絳和自己又會退回到之前那種不聯繫的關係。

可是，皇甫絳不知道吃錯了什麼藥，時常跟著黑律言來找朱盈，又要朱盈約周夜蒼一起。就這樣，四個人變成時常碰面的關係。

每次周夜蒼都想找機會脫身，然而時間久了，也漸漸錯失拒絕的機會。

加上後來黑律言和朱盈的關係發生了問題，導致周夜蒼和皇甫絳更常陪伴在黑律言身邊，朱盈也會和周夜蒼單獨分享她的煩惱與不安。

周夜蒼能感覺到，朱盈的心已經遠去，皇甫絳也因此和朱盈變得水火不容。

在那之後，阿方和男友決定要到國外唸書，所以休學了。臨走前，阿方還是希望周夜蒼能夠勇於面對自己。

畢竟，假裝和袁晴交往這件事不是長久之計。

「或許踏出那一步比你想像得還要容易。」阿方最後留下了這句話。

袁晴對此倒是不以爲意，她認爲皇甫絳就是個只愛自己的自私鬼罷了，她不希望周夜蒼再次受傷害。

就這樣，周夜蒼和袁晴兩個人維持著假交往的關係，一路走到了大三。

皇甫絳一直都不相信袁晴和周夜蒼是眞正在交往，但是自從那一天，朱盈提到袁晴要和周夜蒼同居的事情後，皇甫絳的自信心開始動搖了。

會不會其實他們眞的在交往？他不禁想著。

所以皇甫絳來到周夜蒼的租屋處，在樓下來回踱步許久，不敢打電話，也不敢上樓，就這樣等了半個多小時。

「袁晴！等一下！」

周夜蒼的聲音冷不防出現，皇甫絳下意識躲起來。只見袁晴似乎在哭，而周夜蒼從後方的樓梯追了出來，兩個人在一樓的大門前拉扯著。

「你幹什麼！」

「對不起，是我不好，我不該說那些話的！」周夜蒼拉著袁晴的手腕。

「沒關係，你說的都是事實！」袁晴咬著唇，她並不是眞的生氣，都是過去的事情了，有什麼好氣的。

「對不起，原諒我好不好，不要哭了。」周夜蒼用手擦去她的眼淚，然後將她抱在懷中，爲自己剛才的行爲道歉。

「我眞的很氣！你這個王八蛋！」袁晴用力捶了周夜蒼一拳，「還趕我走！」

「好啦，都是我的錯，那妳今天留下來，好嗎？」周夜蒼莞爾。

袁晴哼了一聲，最後兩個人一起返回了租屋處。

皇甫絳雖然聽不太清楚他們在說什麼，但還是有聽到幾個關鍵字，最重要的是，他看見周夜蒼和袁晴的舉止親密，聽到周夜蒼要她留下來過夜。

皇甫絳的心頭莫名一酸，有些難受，同時他也認爲……這樣似乎才是最好的吧。

他們都變得正常了不是嗎？兩人都與女性交往了……

那天夜晚，是皇甫絳事隔多年再度夢見周夜蒼的身影。夢中的周夜蒼穿著高中制服，如他記憶中的樣子，拿著書本在圖書館的書櫃中穿梭。

接著畫面一轉，皇甫絳親吻著周夜蒼，然後讓周夜蒼轉身背對自己，他將周夜蒼壓在牆上。皇甫絳在那個祕密的樓梯間脫下周夜蒼的褲子，毫無阻礙地進入了他。

夢裡的周夜蒼不斷呻吟，樓梯間充斥著他們的呼吸、喘息，以及濃烈的情慾，還有肌膚碰撞的聲音。

如此眞實，好像眞的發生過一樣。

皇甫絳睜開眼睛，發現自己躺在床上，繼青春期過後，又再一次夢遺了。

他起身進浴室清洗內褲，忍不住笑了起來，下一秒卻哭了出來。

他再也回不去高中時代了，夢裡的周夜蒼也不復存在。

✦

就在黑律言和朱盈的愛情似乎快要走到終點的時候，小學的同學會召開了。

原本周夜蒼就不打算出席，但袁晴實在太想知道以前的朋友們現在過得怎樣，便自己跑去參加了。

她也因此遇到了好久不見的林佑一。

林佑一從小就長得不錯，這麼多年來也沒有長歪，反而更有魅力了。然而袁晴看著林佑一，卻有一種不對勁的感覺。

「周夜蒼沒來嗎？他是不是沒在用社群平臺？」林佑一與袁晴打招呼。

其他人見狀，還稍微調侃了一下他，畢竟林佑一以前喜歡過袁晴。

「你怎麼確定我跟周夜蒼還有聯絡啊？」袁晴反問。

「妳的大頭照不就是和周夜蒼的合照嗎？」林佑一覺得袁晴問了個傻問題。

「對耶，妳和周夜蒼以前不是交往過嗎？」忽然有人提起往事。

「現在想一想，應該是假的吧？」林佑一問。

「爲什麼這麼說？」

「就是有那種感覺。」林佑一笑了。

袁晴上下打量著林佑一，想著到底是哪裡不對勁呢？

乾淨整齊的衣服、燙過的襯衫、細心整理的髮型，皮膚毫無瑕疵，連手指甲也很漂亮——就像周夜蒼一樣。

「嗯……你是想問周夜蒼的聯絡方式嗎？」袁晴心中的雷達悄悄偵測著。

「呃，他畢竟也是以前的同學。」

看林佑一笨拙地硬扯了個理由，袁晴立刻拿出手機，傳送周夜蒼的聯絡方式給他。

「你以前喜歡過我，是嗎？」

「喔……那是好久以前的事了。」林佑一看著手機裡周夜蒼的資料，接著按下了加入朋友鍵。

「我跟周夜蒼一直都只是好朋友。」袁晴雖然不太確定自己的猜測，但還是先這麼說了。

聽到這句話的林佑一看起來似乎有點尷尬，扯了扯嘴角，和袁晴寒暄幾句後，轉而和其他人聊天了。

袁晴傳訊息給周夜蒼，告訴他自己把他的連絡資料給了林佑一。

「他已經敲我了，問我怎麼沒去同學會。我隨便找了個藉口，然後他就約我下次出去。」

沒想到周夜蒼居然立刻就回覆林佑一，這讓袁晴不禁挑眉看著前方身形高䠷的林佑一。

「動作還眞快。」袁晴關掉手機，想著今天來同學會也不是沒有收穫啊。

✦

小時候，大人們總說，像林佑一這麼帥氣的男孩，未來的女朋友一定會很可愛。

所以當林佑一小學第一次看到袁晴時，覺得她好可愛、長得好漂亮，無論是穿著、舉止，還是髮型，全部的全部，都是林佑一想像中女朋友的模樣。

於是他一直想著，一定要和袁晴在一起，把袁晴帶回家給父母看。

全班的男生都知道他喜歡袁晴，也都被他洗腦，覺得未來他一定會和袁晴在一起。

「呵。」

只有一個男孩，每次聽到這些話都會笑。

「周夜蒼，你笑什麼？」林佑一趁著打掃時間，只有他們獨處的時候這麼問。

「我笑是因爲我覺得開心。」周夜蒼拿著掃把，在大樹底下掃著落葉。

風拂過周夜蒼的頭髮，吹下樹上的葉，盤旋在空中，搭配他淺淺的一笑，那比女孩還白皙的肌膚、纖長的睫毛……

「你好像女生。」林佑一這句話幾乎是脫口而出。

周夜蒼聞言，雙頰瞬間泛起紅暈，接著他轉身用力揮舞著掃把，將一地落葉弄得更加凌亂。

「我、我才不是女生。」

「我知道，我只是有時候會這樣覺得。」林佑一感覺自己好像說錯話了。

周夜蒼慢慢側過頭，看著林佑一小聲說：「如果我是女生，你會喜歡我嗎？」

「啊？」

「我說……快點掃一掃，要上課了。」周夜蒼回頭，避開林佑一的視線，背對著他繼續掃著地。

林佑一低頭將畚箕裡的落葉倒進垃圾袋，兩人不再對話，周遭只剩下風吹過落葉的沙沙聲，還有遠方傳來校園中學生玩耍的嘻笑聲，以及一陣莫名的咚咚聲響。

是誰在打鼓？樂隊在練習嗎？林佑一心想。

過一會兒他才發現，原來那是自己劇烈的心跳聲。

他從來不曾這麼明顯地聽見自己的心跳。

他剛才確實聽到周夜蒼的那句話了，只是他下意識地選擇裝傻。他拿著畚箕的手在顫抖，同時有一種難以言喻的雀躍感在胸口蔓延。

周夜蒼是個很特別的男生，他大多時間都很文靜，偶爾會語出驚人。他大笑的時候總會用一隻手遮著嘴，生氣時則會安靜地不說話。

雖然他常常和男生們在一起，卻總是待在最不顯眼的角落。比起男生，他似乎和女生們在一起更自在，和女生說話的時候，也時常看見他在笑。

某次體育課後，林佑一看見周夜蒼在廁所洗臉，和其他男生胡亂潑水後用手擦著臉不同，周夜蒼自備洗面乳、小毛巾。

他細心用毛巾擦過自己的臉，然後是手，幾根微濕的頭髮掛在他額前。當他從鏡中看見林佑一站在後頭時，燦爛一笑的模樣，讓林佑一瞬間僵住了。

林佑一過了很久以後才明白，周夜蒼那一瞬間讓他感受到的——是撫媚。

他明明喜歡袁晴，但總是在不經意見到周夜蒼時，心跳變得劇烈。

感覺最爲強烈的時刻是在國中，不知爲何，他常常有一種想觸摸周夜蒼的衝動。

「周夜蒼，你是同性戀喔？不然怎麼看這種漫畫？」

那是一個平常的日子，周夜蒼的手提袋裡掉出幾本封面煽情的漫畫。本來看色情書刊對男生來說也沒什麼，可那封面卻是兩個男生。

林佑一從來不知道有那種類型的漫畫。他看見有一個男同學撿起漫畫翻閱，裡面畫著大量激情的床戲，兩個男人互相舔舐對方，做著他認知中男女之間才會做的事情。

男生們笑鬧著，刻意發出嘔吐的聲音。

然而，林佑一卻產生了另一種感覺，他對那種畫面並不排斥，甚至覺得……非常好奇。

「等一下，是眞的嗎？」

一個聲音打斷了林佑一的思考，這時候他才望向驚慌失措的周夜蒼。

「你眞的是同性戀？」

周夜蒼沒有回應，只是僵在原地，眼神瞟向林佑一。

那一刻，林佑一全身起了雞皮疙瘩，不自覺往後退了一步。

周夜蒼是同性戀？也就是說，他喜歡男生？

所以周夜蒼喜歡自己嗎？

一直以來，周夜蒼講的那些話，難道都是間接告白？

爲什麼……他一點都不覺得討厭？

「什、什麼啊，難道……」

難道我也……喜歡男生嗎？林佑一這麼問自己。

「才不是！周夜蒼正在和我交往，那是我借給他，強迫他看的！」

林佑一話還沒說完，袁晴就擋在周夜蒼前面，大聲反駁眾人。

「什麼？」

「眞的假的？」

「我早就懷疑了。」

「但是林佑一他……」

大家都看著林佑一，而林佑一的心情就像是坐雲霄飛車一樣，忽然跌到了谷底。

他越過袁晴，來到周夜蒼面前，開口問：「是眞的嗎？」

周夜蒼低著頭，纖長睫毛的影子印在他細緻的臉上，他有些發顫，無法面對林佑一的目光。

最後周夜蒼仍鼓起勇氣，抬頭看著林佑一。

這是第一次，他們如此近距離又認眞地望著彼此。

林佑一心中那種想觸摸周夜蒼的衝動又來了。

「對，我和袁晴正在交往。」

周夜蒼的回答讓林佑一瞬間漲紅了臉，對於自己剛才的想法感到羞恥。他轉身離開，還踢翻一旁的椅子。

所有人都以爲林佑一在氣周夜蒼的背叛，只有林佑一知道自己不是。

比起「袁晴有了男友」，「周夜蒼有了女友」這件事情，反倒更讓林佑一生氣。

林佑一一直到了高中以後，才明白自己的性取向。

起因是某天和朋友假裝成大學生去參加聯誼，在與一個女生配對成功後單獨行動，兩人開了房間，女方忽然問他能不能多找一個人過來一起玩。

當時正是貪玩又愛追求刺激的年紀，所以林佑一答應了。

過了一會兒，來了一個男生。

「妳沒告訴我來的會是男生。」林佑一有些傻眼。

「他是我的好姐妹，你也可以把他當成女的。」女生拉著那個男生進來，「他當哪一邊都可以喔！」

林佑一不明白她是什麼意思，直到那個男生脫掉衣服，林佑一瞬間想起了周夜蒼。

在那一次三人行的歡娛中，林佑一感受到了比起女生，男生帶給他的衝擊與興奮感更爲強烈。在與周夜蒼相似的人的性愛中，林佑一才恍然發現自己遲來的初戀。

原來，他曾經喜歡著周夜蒼。

✦

林佑一是讓周夜蒼發現自己性取向的啓蒙者，同時也是他的初戀。

沒想到都二十多歲了，他還會跟初戀見面。

出門前，周夜蒼反覆確認鏡子中的自己，髮型沒問題，穿著也還行。隔了這麼多年，不知道他現在的氣質像是會喜歡同性的人嗎？

他並沒有要特意隱瞞，只是……

「算了，船到橋頭自然直。」周夜蒼說完後便離開租屋處，騎著腳踏車來到與林佑一相約的餐廳。

周夜蒼瞄了一下時間，還有十五分鐘，心想著自己是不是太早到。

把腳踏車停好，周夜蒼正準備走進餐廳時，肩膀被人拍了一下。

「周夜蒼，好久不見。」林佑一也正好抵達餐廳，他爽朗地笑著，與周夜蒼打招呼。

五年多不見，林佑一的外表還是如周夜蒼記憶般……不，比他記憶中還要好看許多。

周夜蒼忽然有些緊張，眼神慌亂得不知道該看哪裡。

「嗨，好久不見。」他的聲音有點抖。

「我原本還想說自己似乎太早到，結果就看到你了。」林佑一落落大方，推開了玻璃門，「我們進去吧。」

林佑一走到餐廳櫃檯，報出訂位人的名字、電話，立刻就有服務人員帶著他們來到預約的位子。

在擅於交際的林佑一帶動下，他們之間很快就變得無話不談，好像空白的這幾年並不存在。

林佑一就讀東部的大學，不過幾乎每個禮拜都會回北部。他念的是觀光系，立志以後要當導遊，走遍世界各地。

「我和朋友組成了自己的小旅行團，每個月會有一次旅遊活動，由其中一個人擔任導遊，找尋地點、安排住宿，還要講解景點。」

「聽起來很棒，有點像是在模擬未來的工作。」

「對啊，你下次要不要一起去？」

周夜蒼一笑，「我去很奇怪吧，他們又不認識我。」

「還好啊，就當作是跟團旅遊，大家有時候也會帶男女朋友或是朋友來參加。」林佑一將切好的肉放到周夜蒼的盤子上，然後從周夜蒼的盤中夾走一顆肉丸，「交換吃。」

「喔……」周夜蒼感覺有些怪怪的，林佑一以前跟他有這麼親近嗎？

「這些年你有交往的對象嗎？」林佑一忽然話鋒一轉，讓周夜蒼差點嗆到。

「呃……你有遇到袁晴不是嗎？」周夜蒼不確定袁晴是怎麼跟林佑一講的，只能先試探看看。

「你該不會還想拿袁晴當擋箭牌吧？」

沒想到林佑一如此回覆，反倒讓周夜蒼不知道該怎麼反應，「什麼意思啊？」

「我以前還真的以爲你和袁晴在交往，那時候年紀太小了……」林佑一擦了擦嘴，喝了一口水後，看著周夜蒼，「你這幾年交過男朋友嗎？」

周夜蒼嚇得差點站起來，他定定地盯著眼前的林佑一，不明白對方爲什麼這麼問？

林佑一今天找他出來的目的是什麼？嘲笑他嗎？還是想追問他當年搶走袁晴的事情？

「你防備心不要這麼重，我今天找你出來純粹是敘舊，還有就是……」林佑一思考了一下，有些不好意思地開口，「也想見見初戀情人。」

「你在……說什麼？從剛才開始我就不懂你到底……」

「啊，很多圈內人都說看不太出來，但我沒想到連你也沒發現，難道是因爲小時候的印象嗎？」林佑一搖了搖頭，「我……喜歡男生。」

周夜蒼瞪大眼睛，「怎麼會？我從來沒有察覺到。」

語畢，他立刻摀住嘴，自己剛才算是承認自己的性向了嗎？

兩個人沉默了一會兒，周夜蒼才緩緩開口：「你是什麼時候認知到的？」

「嗯，開始覺得奇怪應該是小學、國中的時候吧，但是並沒有太強烈地意識到這件事。直到高中有次和人家玩3P，兩男一女，結果我大多時間都在和那個男生玩。」林佑一說得輕鬆，話中卻透露很多訊息。

「是、是這樣啊……」周夜蒼喝了一口水。

「也是因爲那樣，我才發現，原來我從以前就喜歡你。」

「噗！」周夜蒼忍不住噴出一口水，他趕緊拿起一旁的紙巾擦拭，「你、你在說什麼？」

「哈哈，你還是像以前一樣可愛耶。」林佑一也把自己的紙巾遞給周夜蒼，「我後來才知道，自己過去對你的那種心情就是喜歡，只是我發現得太晚了。」

「你、你知道我也是……」

「之前不知道，後來伴隨著自我認知的成長，我就知道你是了。所以我才不相信你和袁晴在交往。」林佑一歪頭，抓了一下鼻子，然後有些緊張地開口，「我想說……如果你現在沒有對象，而且以前……你應該喜歡我吧？

「如果我們曾經彼此喜歡過一段時間，卻沒有機會在一起，那……在很多年後的現在，我們或許能試試看？」

「我不知道……」周夜蒼的臉逐漸漲紅。

林佑一的手覆在周夜蒼的手上，不畏懼此處是公開場合，也不害怕別人的眼光。沒有遮遮掩掩、躲躲藏藏。

「你可以從現在開始知道。」林佑一說。

和皇甫絳不一樣，林佑一是能夠在陽光下牽著他的手的人。

第九章

「所以你就和林佑一交往了嗎？」袁晴興奮得眼睛睜圓。

「沒有。」周夜蒼搖頭，夾起了碗中的米粉，「大中午的，妳特地跑來我學校找我吃飯，就是要問這件事情？」

「當然！這很重要！如果我傳訊息給你，你肯定已讀不回，所以我當然要親自來一趟問個清楚。」袁晴喝了口貢丸湯，露出滿足的神情，「而且你們學校附近的食物眞的超好吃，哪像我們那裡，根本是美食沙漠啊。」

「是妳太懶吧。因爲妳根本不會主動去找哪裡有好吃的餐廳，來這裡會覺得東西好吃，都是因爲有我帶妳吧！」周夜蒼用筷子夾走她碗裡的貢丸。

「啊！你做什麼啦！」

「哈哈哈。」

「哇～你們在約會呀。」朱盈的聲音出現在店門口，緊隨其後進來的是黑律言和皇甫絳。

皇甫綘見到他們兩個，表情並不好看。

黑律言見店內沒其他空位，便提議一起坐。

袁晴刻意看了眼皇甫綘，然後微笑說：「唷，好久不見。」

「……嗯。」

「你今天心情不好嗎？以前不是都會很大聲跟我打招呼？」袁晴故意說著，換來皇甫綘更加不悅的神情。

周夜蒼推了袁晴一下，示意她收斂點。

「一起坐吧。」

「妳是特意過來陪他吃飯的？」朱盈坐在袁晴身邊，一臉曖昧地問。

「是呀，大老遠過來呢。」袁晴微笑著，其實她是過來聽八卦的。

「你們交往這麼久了，還這麼甜蜜，眞是厲害呢。」朱盈說著。

「你們不也是嗎？」袁晴這麼說並沒有惡意，只是換來其他四人一瞬間的尷尬。

老闆正巧送來了小菜，黑律言把筷子遞給大家，「吃吧，一起吃。」

「那我就不客氣了。」周夜蒼立刻舉筷要夾一片海帶，卻和也要夾菜的皇甫綘的筷子碰在一起。

「抱歉。」

「這有什麼好道歉的？」周夜蒼覺得皇甫綘有些奇怪。

「對了對了，我最近在電視上看見妳的頻率變高了，前陣子和小朋友的見面會，妳的人氣也是最高的，好厲害呀！」袁晴眞心的稱讚讓朱盈有一點發窘。

畢竟，朱盈很在意黑律言的反應，她總是有一種自己越受歡迎，就會越對不起黑律言的感覺。

「嗯，謝謝妳。我只是運氣好，才會擁有這麼多粉絲。」

「不！妳絕對有那個實力！我甚至覺得妳可以完全投身演藝圈了！」

「袁晴！不知道情況就不要一直亂講！」

皇甫絳忽然生了好大的氣，讓大家都嚇了一跳。

「幹、幹什麼？我稱讚她也不行嗎？」袁晴覺得莫名其妙。

她根本不知道黑律言最近和朱盈之間的狀況很不好，尤其在朱盈更加投入演藝圈後，他們的聯繫變得少之又少。

加上前陣子，朱盈還被拍到和同一個電視臺的另一位「哥哥」半夜在公園聊天。

「妳沒別的話好說就閉嘴，不用硬聊！」

「你神經病喔，遷怒什麼？」袁晴的個性也硬得很，她大聲反駁皇甫絳，覺得皇甫絳是因爲嫉妒她和周夜蒼在一起，才會如此對待她。

被說中的皇甫絳更不爽了，放下筷子準備回嘴。

周夜蒼卻立刻開口：「好了！都不要吵了！皇甫絳，你發瘋嗎？」

「我不想吃了！」

袁晴認爲自己沒必要在這裡受氣，反正她已經吃飽了。而且她今天來的目的是要問林佑一的八卦，看來現在也問不到了，便起身要走。

「袁晴，不要這樣。」朱盈尷尬地趕緊拉住袁晴。

「沒關係，我吃飽了！」袁晴瞪了皇甫絳一眼，「沒用！」

「妳說什麼？」聽到這話，原本沒打算理會袁晴的皇甫絳立刻抬眼瞪回去。

「我說你膽小鬼！」丟下這句話，袁晴離開了小吃店。

周夜蒼嘆了口氣。

「你幹麼這樣子？」黑律言看著皇甫絳，「這是我們的事情吧？」

皇甫絳沒有說話。

「算了，吃飯吧。」周夜蒼說著，拿出手機準備傳訊息關心一下袁晴時，手機正巧響起，螢幕上出現那天他和林佑一吃飯時的合照。

皇甫絳原本只是一瞥，卻沒想到看見周夜蒼和別的男人挨得老近的照片，讓他十分詫異。

「喂？」周夜蒼接起手機後才想起林佑一的告白，不由得心想，早知道先不要接了，莫名覺得有點害羞。

「嗨，你這週末有事嗎？」

「週末……怎麼了嗎？」周夜蒼想起身到店外講電話，卻發現皇甫絳的腳擋住了他的去路。

周夜蒼用腳推了一下皇甫絳的膝蓋，然而皇甫絳不爲所動，埋頭吃麵。

「上次跟你提過小旅行團的那件事，你記得吧？我們這禮拜要舉辦的活動，有一個原本要參加的人臨時有事不能來，所以多了一個名額，你要不要一起？」

林佑一簡單說明這次旅遊的規畫與景點，讓周夜蒼十分心動。

「啊，房間男女分開，但對我們兩個來說，這樣子更好，對吧？」林佑一在電話那頭開玩笑，這些話讓周夜蒼臉不禁紅了起來。

周夜蒼的表情當然沒躲過皇甫絳的法眼，皇甫絳握緊了筷子，覺得心臟每跳動一下就痛一次。

「我、我想一下好了，我現在在吃飯，晚一點再打給你。」

掛掉電話後，周夜蒼拿過袁晴剛才喝剩的貢丸湯喝了起來，接著和他們一面聊天，一面想著自己是不是該去赴這個旅遊的邀約。

「我和朱盈要去走一走。」黑律言主動和他們告別。

朱盈的表情不是很好，所以即便周夜蒼現在很不想跟皇甫絳獨處，也只能點頭。

和黑律言他們道別後，周夜蒼原本也想順其自然地直接和皇甫絳說再見，但皇甫絳卻主動拉起周夜蒼的手，「我們也去逛逛吧。」

「你做什麼?」周夜蒼立刻甩掉皇甫絳的手。

自從高中以後，他們再也沒有任何肢體接觸，並且早就恢復成為單純的朋友關係。所以現在皇甫絳忽然抓住自己的手的怪異舉動，讓周夜蒼非常不適應。

更遑論這樣輕微的碰觸都還能讓周夜蒼的內心泛起漣漪。

所以周夜蒼告訴自己，和每次皇甫絳相處都必須小心翼翼、戰戰兢兢才行，以免被發現他仍念念不忘著對方。

「我怕你逃走而已。」皇甫絳聳肩，比了一下後頭的廣場，「我們去那裡喝杯咖啡，坐一下吧。」

「……我不想。」

「你要我再動手嗎?」

「你是怎麼了?」周夜蒼覺得皇甫絳有點可怕，對方好像回到高中時那堅定、不容拒絕的模樣。

「好，那我就在這裡問。」皇甫絳深吸一口氣，「剛才那個人是誰?」

「誰?」周夜蒼回頭看了一眼小吃店，以爲遇到了其他同學。

「我是說剛才打電話來的那個人!你在跟誰講電話?」

「喔。」周夜蒼被嚇一跳，「我的小學同學。」

「小學同學?到現在還有聯絡?」

「因爲前陣子有國小同學會……」周夜蒼不懂爲什麼要跟皇甫絳解釋自己的交友圈，「我下午還有課，我要先……」

「他約你週末做什麼？」皇甫絳伸手拉住已經轉身的周夜蒼。

「關你什麼事啊？」周夜蒼有些氣惱。

「我、我是關心朋友……」

「那你怎麼不去關心黑律言和朱盈要去哪？不關心他們岌岌可危的戀情？」

「我也關心他們，所以剛才才嗆了白目的袁晴啊！」

「你對袁晴的態度眞的有夠莫名其妙，她根本不知道他們之間發生了什麼事，你對她發脾氣根本是無理取鬧。」

「我……」

周夜蒼看了一下手錶，「我眞的要回去了，不然上課會遲到。」

「我也要回學校，一起吧。」

在這個時候拒絕也很奇怪，所以周夜蒼只能點頭。

見狀，皇甫絳鬆了一口氣，露出笑容。

這讓周夜蒼更加困惑了，爲什麼皇甫絳會露出這樣的表情？這樣會讓他誤會的……

「我騎機車來的，走吧。」皇甫絳的腳步有些雀躍，與周夜蒼來到路邊的機車旁，拿起安全帽並幫他戴上。

周夜蒼卻立刻往後一縮，自己伸手把安全扣扣好，用狐疑的眼神望著皇甫絳，「你剛才想幹麼？」

「幫你扣起來。」

「爲什麼要這麼做？」

「因爲我對其他女生也這麼做。」皇甫絳說完就發現到自己的回答有夠爛，他才沒有幫其他人做過這件事，也不知道方才爲什麼下意識地就想這麼說。

「我又不是女生。」周夜蒼覺得很可笑，「快走吧，不然上課會遲到。」

皇甫絳戴好安全帽，騎上機車，周夜蒼也坐上後座。在這瞬間皇甫絳忽然感到有些緊張，事隔多年……他再一次和周夜蒼如此靠近。

「抓好，要走了喔。」

「嗯。」

周夜蒼並沒有抓住皇甫絳的腰，而是扶著機車後頭的扶手。

聞到皇甫絳身上傳來的獨特香氣，周夜蒼不由得一縮，那專屬於皇甫絳的氣息居然如過去一樣，絲毫沒有改變。他彷彿回到他們曾經親密接觸的昔日。

想到這裡，周夜蒼往後移動了些，心裡很後悔自己爲什麼要搭皇甫絳的車，他不能碰觸到皇甫絳，不能讓皇甫絳發現……

「哇！」

忽然一隻貓從安全島衝出來，皇甫絳緊急煞車，導致周夜蒼撞上了皇甫絳的背。

「你有沒有怎樣？」皇甫絳嚇了一跳，側頭詢問周夜蒼。

「沒、沒事，有撞到嗎？」周夜蒼緊貼在皇甫絳的背上，餘悸猶存地開口。

「沒事，牠跑掉了。眞是有夠危險的。」皇甫絳說著，卻忽然僵住身體。

叭叭！

「有人按喇叭了。」周夜蒼用手拍了一下皇甫絳的肩膀，催促他快點騎走。

「喔……」皇甫絳遲緩地回應。

儘管周夜蒼覺得皇甫絳的反應怪怪的，但也沒多問。

直到下一個紅綠燈停下的時候，皇甫絳扭動了一下身體，然後說：「你剛剛因爲煞車撞到我的時候……是不是硬了？」

一開始周夜蒼沒聽懂皇甫絳在說什麼，直到皇甫絳又重複一次，「你貼到我的背上時，我發現你硬了。」

周夜蒼的臉立刻漲紅，他極力反駁，「我哪有！你不要亂講！」

「很明顯好嗎，碰到我的瞬間，我就感覺到有東西頂在我的屁股上啊！」

「你、你可以小聲一點嗎？」周夜蒼尷尬地看著停在兩旁的機車騎士，他們正偷瞄著他們。

「我又沒很大聲……」皇甫絳語氣無辜，「所以到底是不是？」

「我才沒有！」周夜蒼死都不會承認。他的意志力竟如此薄弱，怎麼還敢說自己早就放下高中那段過往。

「是因爲我嗎？」然而皇甫絳緊咬著這個問題。

「綠燈了！你專心騎車好嗎？」周夜蒼將屁股挪得更後面，盡量避免碰觸到皇甫絳的身體。

這樣的小動作當然被皇甫絳識破，所以他每隔一段路就會故意緊急煞車一下，讓周夜蒼的身體不斷碰撞他。

「喂！」

「我又不是故意的，路況本來就很難預料啊！」皇甫絳厚臉皮地邊笑邊說。

周夜蒼有種被吃豆腐的感覺，卻無能為力……

好不容易終於到了學校，皇甫絳一停好車，周夜蒼馬上從車上跳下來，解開安全帽放到座墊上，急匆匆就要走。

「欸！等一下啊！」皇甫絳迅速立好中柱，追上周夜蒼。「你今天晚上有空嗎？」

「沒空！」

「爲什麼？」

「我幹麼告訴你？」周夜蒼皺起眉頭，「皇甫絳，你最近是怎麼了？」

「我沒有怎樣啊，身爲朋友，約你出去不行嗎？」

周夜蒼停下腳步，深吸一口氣看著他，「皇甫絳，我們捫心自問，發生過那些事情後，我們根本沒有辦法當單純的朋友。這些年我們都不談這些事情，讓黑律言當中間人維持這種扭曲的友誼有什麼意義嗎？

「你自己說，你這樣的行爲算是眞的朋友嗎？」周夜蒼把聲音壓得很低。

「那袁晴呢？」皇甫絳表情嚴肅，「她是假的對吧？」

「我承認她是假的。」

「你幹麼這麼做？」

「這是你該關心的事嗎？」周夜蒼瞪他，讓皇甫絳一縮。他嘆了口氣，「我覺得我們的友情家家酒差不多可以結束了。」

「爲什麼？就因爲我們以前發生那種事情？」

「就是因爲發生過『那種事情』才更不該當朋友。我不知道你爲什麼執意要和我保持聯繫，但這幾年下來我眞的累了，非常累。」周夜蒼往後退幾步，「或許一開始我就不該跟直男扯上關係，我應該找個跟我一樣的人就會輕鬆許多……」

「你這是什麼意思？」皇甫絳的臉色忽然變得難看，他上前抓住周夜蒼的肩膀，「你要找別的男人？誰？是剛才電話裡那個人嗎？」

皇甫絳的觸碰讓周夜蒼覺得很不舒服，他的力道十分大，導致周夜蒼無法掙脫。

「是誰又關你什麼事情啊！你管得著嗎！」但周夜蒼嘴巴可不會輸，他大吼著，兩個人的拉扯與爭執引來一些同學的注意。

「怎麼會與我無關！」皇甫絳下意識地反駁，「因爲我……」

然後他停頓了。因爲……怎樣？

周夜蒼瞪圓眼睛看著皇甫絳，等著聽他的答案，然而對方什麼都沒說出口。

「呵。」周夜蒼冷笑，「所以我說，我們別做朋友了。」

這種拖拖拉拉、不乾不脆的關係，讓周夜蒼眞的覺得非常痛苦。

皇甫絳一直在他身邊，拖垮了彼此的青春，讓他們雙方都沒有辦法前進，停留在原地虛耗著。

「我……我不是……」皇甫絳瞳孔顫抖，手上的力道也逐漸減弱。

見到皇甫絳這模樣，周夜蒼心疼萬分，他爲什麼要逼皇甫絳做選擇呢？

自己不是已經在高中就覺悟了，不會把皇甫絳拉到他的世界裡嗎？

皇甫絳的未來應該是和與能夠幫助他事業的家族聯姻，擁有一堆可愛的孩子……

周夜蒼不能剝奪皇甫絳的未來。

所以即便、即便……皇甫絳對自己有一絲絲餘情未了，無論那是性慾或是什麼情感都無所謂，他也不能緊抓不放，非要皇甫絳表態。

「你別再對我做一些你根本沒辦法承擔後果的行爲！」

所以他用言語勒索、用解除朋友關係來逼皇甫絳。

「你們怎麼在這裡吵架？」黑律言忽然出現，皺著眉頭望著兩位好友，「皇甫絳，葉教授的課就要開始了，你不快點去教室嗎？」

「我們……晚一點談。」

「我認爲不需要談了。」周夜蒼狠下心轉頭，往心理學系的教學大樓走去。

後來，周夜蒼傳了訊息告訴袁晴這件事，袁晴立刻讚許他做得好。

「是時候硬起來了！雖然你早就對皇甫絳硬了！」

直到這種時候，袁晴還是不改她喜歡開玩笑的個性。

但也就是因爲袁晴這樣的個性，才能讓周夜蒼感覺輕鬆許多，甚至可以笑出來。

斷捨離很痛，可就是不夠果決的他，才造就這段原本該停在最美好時刻的緣分，延續了三年，成爲現在的孽緣。

於是，周夜蒼傳了訊息給林佑一，他覺得是時候該邁開步伐了。

與其選擇直男，不如選擇一開始就在同一個世界的人，這樣子至少不會有一天得到的分手理由是——還是愛女生比較好。

他寧願分開的原因是「不愛了」，也不要是這個早該在在一起前就知道的現實。

「週六我會一起去。」

林佑一很快已讀，並且回覆了許多表示開心的貼圖。

「太好了，我晚上把行程傳給你！」

「還有就是……你上次的提議，我會考慮的。」

「真的嗎？」

看著這則訊息，周夜蒼幾乎能想像林佑一開心的神情。

誰能料想到，多年後兜兜轉轉，他會有機會和當初的初戀走在一起。

下課的時候，周夜蒼走出教學大樓，就見到皇甫絳等在那。

「你怎麼……」

「我說過要和你談談的。」皇甫絳走了過來，拉著周夜蒼就要往停車場走。

「周夜蒼！」

沒想到林佑一適時出現了，他穿著白T恤、藍襯衫，配上卡其色的短褲，乾淨清爽的配色，配合他的微笑，給人的感覺就像是夏天一樣。

「你怎麼跑來這裡了？不用上課嗎？」周夜蒼驚訝萬分，立刻朝林佑一跑去，「剛才不是還在學校？」

「宜蘭過來這裡很快啊。而且我看到你的訊息，哪有可能待得住啊！」林佑一開心地笑著。

面對這樣的追求，周夜蒼確實感到很心動。他不曾如此被誰放在心上、被誰當成第一順位的選擇。

「你已經跟我約好了。」皇甫絳的臉色很難看，說話也非常不客氣，甚至再次動手拉了拉周夜蒼。

「放手啦！」周夜蒼被拉痛了，作勢推開皇甫絳。

「你明明……」

「不好意思，請問你是？」林佑一見狀立刻擋在周夜蒼面前，並且甩開皇甫絳拉著周夜蒼的手。

「我……」皇甫絳猶豫了一下，「我是他的高中同學！」

「喔，那我是他的小學同學。」林佑一造樣造句，「同時也是即將成爲他男朋友的人。」

「喂！」周夜蒼被林佑一的話驚嚇到紅了臉，他沒想到林佑一會直接說出來。

「我們去吃飯吧，順便告訴你星期六日的行程。」林佑一嘴角揚起一抹弧度，牽起周夜蒼的手。

「我已經說了，他和我……」皇甫絳拉住周夜蒼另一邊的手腕。

此時，畫面變成了兩男拉一男的奇怪光景。

周夜蒼用力甩開皇甫絳的手，結果對方馬上又用另一隻手抓住他。

「皇甫絳！」周夜蒼瞪向他。

可是皇甫絳只是瞪著林佑一，絲毫不理會周夜蒼的呼喊。

「我想，即將成爲他男朋友的我，比起和他是普通朋友的你，應該更有權利跟他出去吧？」林佑一斂起微笑，目光有些冰冷地盯著皇甫絳。

「哈！這種事情就是誰先約先贏，在你之前我就已經跟周夜蒼約好了！」

這是什麼幼稚的話啊，周夜蒼聞言覺得既荒唐又有點好笑，而在一旁觀望的同學中，出現了幾個曾經和皇甫絳往來過的女生。

「是皇甫絳，他在那裡做什麼啊？」

因爲他們現在的情況實在太像修羅場，所以有些人開始好奇地談論著。

周夜蒼壓低聲音說：「皇甫絳，圍觀的人越來越多了，還有幾個你以前的『女朋友』，你確定你要繼續這樣下去？就算傳出奇怪的謠言也沒關係嗎？」

皇甫絳的眼神動搖了，眉毛也抽動了一下，可他依舊不打算放開手。

「皇甫絳？」周夜蒼重複喊了他的名字。

「不要浪費時間了。」林佑一用力推開皇甫絳，使得對方一個踉蹌，撞在了正走出教學大樓的同學身上。

「你是怎樣啦？」

「對不起，眞的很抱歉。」林佑一立刻道歉，然後拉起周夜蒼的手離開。

「皇甫緈，你們在吵架嗎？」

「看起來好像有點奇怪耶。」

聽見那些女孩妳一句我一句地追問皇甫緈，周夜蒼不想回頭，也不想聽見皇甫緈的回答，他腦中只想著皇甫緈似乎並沒有追過來。

他任林佑一牽著他的手走了好長一段路，直到他們來到某個十字路口，林佑一才鬆開手，嘆了一口氣。

「抱歉，我剛剛的行爲是不是讓你難做人了？」林佑一抓著頭，反省自己。

「不、不會的，我反倒很謝謝你。」周夜蒼覺得手心都是汗。

「那就好。」林佑一看著前方的紅綠燈號誌，盡量自然地問道，「那個男的……是直男吧。」

「嗯……」

「曾經和你有過一段感情？」

「那算是一段感情嗎？只是單純的身體……不過我們也沒有做到最後。」

「是境遇性性行爲嗎？」

「啊……」周夜蒼不自覺地握緊雙拳，他一直都不想提起這個名詞，不想用這個名詞來說明自己和皇甫緈的那段過往。

「但我們那時候是男女合校，他也有很多女性伴侶，如果是境遇性的話，應該不會選擇跟我……」

「因爲好奇啊！」林佑一看著周夜蒼，「你知道你長得很可愛嗎？在某種程度、某種情況，我想很有可能連普通男生都會對你產生性慾。」

聞言，周夜蒼沒有回應。

見到周夜蒼失落的模樣，林佑一趕緊補充，「我不是說一定是那樣，可能他屬於還在摸索的類型，也可能……」

「算了，沒關係。」周夜蒼也一同看向前方的號誌燈，「綠燈了，我們要過去嗎？」

「嗯，我在客運上Google過，那邊有一家還不錯的餐廳喔。」

他們一路往巷子裡走去，來到一家周夜蒼沒看過的西班牙餐廳。這裡的氣氛很好，燈光也因爲戶外天色漸暗而顯得朦朧。

兩人吃飽後，林佑一提議點杯調酒放鬆一下，周夜蒼同意了。

「這一次的旅行地點在南投，我們找了很棒的露營營地，那裡可以看見滿天星空，還有露天電影，晚上大家可以圍在營火邊喝酒、吃東西等……」林佑一因爲酒精又或是燈光的關係，看起來臉色紅潤，眼神有些迷濛。

「聽起來很棒，我從來沒那樣出去玩過。」周夜蒼的指尖在杯緣上移動著，心中補充道，就連此刻如同約會般的活動，都沒和任何人度過過。

林佑一輕輕撫摸著周夜蒼的手指，「你喜歡那個男的吧？」

周夜蒼搖頭，臉上卻露出苦笑，酒精總是能讓人變得脆弱，即便沒有醉，也能讓他說出眞心話。

「我浪費了好多時間。」

「喜歡的人剛好也喜歡自己，這種奇蹟本來就很難遇到，更何況是我們這種人」林佑一說著，「所以能再次與你重逢，我就決定這次一定要把握機會。」

「你想追求我，是因爲我們都是Gay的關係嗎？」周夜蒼哀淒地看著林佑一，很想知道林佑一是不是無人可選，才會選擇自己？

「你總是會往很悲觀的地方想呢。難道不可以是，我跟以前喜歡過的人重逢，今後也想繼續喜歡他嗎？」林佑一彎起嘴角，用指尖碰觸周夜蒼發燙的臉頰。

「你喝醉了嗎？」

周夜蒼搖頭，「只是頭有一點昏，我屬於喝酒容易臉紅的類型。」

「好吧，時間也晚了，我送你回去。」

「嗯。」

大概是夜色朦朧，也大概是周夜蒼還帶著些許醉意，他沒有拒絕讓林佑一一路牽著手送他回租屋處。

「我想……問你一件事情。」周夜蒼有些遲疑地問。

「你問吧。」

他們的影子被路燈拉得很長，和另一個人這樣光明正大地牽手走在路上，從來不在周夜蒼預想的未來中。

「你說你和別人玩過，那你是攻還是受？」

「哈哈哈。」林佑一沒想到周夜蒼看起來清純，卻提出了這種問題，「會好奇也是難免啊，畢竟你高中就和別人有段關係了。」

周夜蒼忍不住用手掌撫過自己的臉頰，眞的好燙……他踏在地面上的每一步都有些不穩，好像踩在棉花上一樣。

「跟你的話，我當哪一邊應該都沒問題。」

林佑一的話讓周夜蒼心中一震，而後沒來由地哭了出來。

「怎麼了？你爲什麼哭了？」林佑一笨拙地用衣袖擦去周夜蒼的眼淚。

「從來沒有人這樣對我……」

「我以後會對你好的。」林佑一說著。

「你現在就對我……很好了。」周夜蒼笑了。

他們凝視著彼此，林佑一覺得又哭又笑的周夜蒼實在太可愛，不禁伸手捧住周夜蒼的臉頰，低下頭親吻了他。

那是一個很輕、很溫柔，又帶著強烈青澀與害羞的吻，就像是他想像中的的初吻一般。

「嘿嘿。」親吻後，林佑一紅著臉笑著對周夜蒼說：「這是我第一次和喜歡的人接吻。」

周夜蒼低下頭，覺得十分害臊，「我、我家……你、你要……」

他是不是該邀請林佑一上去？他這樣會不會太隨便？

但事到如今，還有什麼隨便不隨便？以前他和皇甫絳在高中的時候不是更隨便！

皇甫絳……該死的，他怎麼會在這時候想起皇甫絳？

皇甫絳不會這樣吻他，皇甫絳的吻總是霸道又帶著強烈的慾望。他每一次親吻都像是要把自己刻進周夜蒼的骨子裡般，炙熱又濃烈，讓他幾乎快要喘不過氣。

「嗚……」周夜蒼想起皇甫絳的吻，居然又忍不住哭了。

林佑一嘆了口氣，伸手抱住周夜蒼，「沒關係，不急著今天……我們未來有的是時間。」

「對、對不起……」周夜蒼覺得此刻的自己好像渣男一樣。

「是我要說對不起，畢竟是我主動吻你的。」林佑一拍拍周夜蒼的背，「好啦，你快點上去休息吧。我們禮拜六見？」

「嗯……謝謝你。」周夜蒼擦乾眼淚，「我在這看著你走吧。」

「不用啦，你先上去。」

「你都送我回來了，就讓我目送你吧。」周夜蒼很堅持。

見狀，林佑一只好點頭了，「那……我走了你就快點上樓啊。」

「嗯。」周夜蒼對他揮手。

林佑一微笑著轉身，然後在轉彎出巷子前，又回過頭對周夜蒼奮力揮手，那模樣可愛到讓周夜蒼笑了出來。

送走林佑一後，周夜蒼轉身拿出鑰匙，準備打開一樓大門。忽然背後傳來一股莫名的壓迫感，加上光影的變化，讓他察覺身後有人靠近。

「很開心嘛？」

冰冷的聲音與一隻大手用力拍在鐵門上，周夜蒼嚇得轉身，嘴馬上便被來人堵住。

他的吻粗暴、炙熱、強勢、張狂。

對方的舌頭肆意地鑽入周夜蒼的口中，舔舐著他，那溫度、氣息、親吻的方式，明明久遠，卻又如此記憶猶新。

「你是我的，周夜蒼。」皇甫絳聲音沙啞。

宛如惡魔的呢喃。

第十章

夜色昏暗，皇甫緈的影子落在周夜蒼身上，包覆著他。

周夜蒼想推開皇甫緈，但就跟高中那時一樣，他的推拒顯得軟弱無力。

皇甫緈伸手轉動依然插在大門鎖孔的鑰匙，大門應聲打開。皇甫緈不斷往前邁步，逼著周夜蒼步步後退，兩人進到了一樓大門內。

「皇……」周夜蒼開口想說些什麼，只換來皇甫緈更深入的吻。

終於在周夜蒼快呼吸不過來時，皇甫緈才稍稍鬆開箝制著他的雙手，他抓準機會往後一路退到電梯前，喘著氣說：「你到底在做什麼？」

皇甫緈緊盯著周夜蒼一會，然後轉身往後走。

周夜蒼以爲皇甫緈一句話不說就要走了，結果皇甫緈只是關上鐵門，又朝周夜蒼走來。

「你、你要做什麼？這裡是住家，隨時會有人經過……」

但皇甫緈只是沉默地按下電梯按鈕，這讓周夜蒼頓時語塞。

「你、你到底……」

「我要上去。」皇甫絳強勢地說。

「你要上來？現在已經很晚，而且……」

「然後我要進去。」

「就說已經很晚了，明天我第一堂就有課，我不會讓你進去房……」周夜蒼猛地打住話。

他忽然意識到，皇甫絳所說的「進去」，和他所想的好像不是同一件事。

「你說的……」

此時電梯正巧打開門，皇甫絳逕自走進電梯裡，準確無誤地按下周夜蒼住處所在的樓層。

「你是跟蹤狂嗎？」周夜蒼忍不住問，摸了一下自己依舊發燙的嘴唇，「還是性騷擾犯？」

「我要上去。」

「我不要，皇甫絳，你現在到底是什麼意思？」周夜蒼站在電梯門外，與皇甫絳僵持著。

皇甫絳不發一語，只是盯著周夜蒼看。

「你剛剛說我是你的，這是什麼意思？」周夜蒼握緊拳頭，「我不是任何人的所有物。」

皇甫絳嘆了一口大氣，一手搭在額頭上，「你眞的很令人火大。」

周夜蒼啞口無言，覺得對方還眞是惡人先告狀。

「你給我出來，回你自己的家去！」周夜蒼拉住皇甫絳的手臂，要將他從電梯裡拽出來，但皇甫絳的力氣遠大過周夜蒼，他反手就將周夜蒼拉進電梯裡，以迅雷不及掩耳的速度按下關門鍵。

「你！」

「周夜蒼，我說你是我的，你就是我的，從高中起是，現在也是，以後更會是！」皇甫絳望著電梯的樓層顯示螢幕，說出了令周夜蒼匪夷所思的話。

「你知道你在講什麼嗎？」周夜蒼渾身顫抖。「你把我當成什麼了？皇甫絳？我不是你的玩偶，收起你那該死的占有欲！」

周夜蒼掉下眼淚，內心十分難受。

皇甫絳皺起眉頭，「我沒有，我從來沒有把你當作玩偶。」

「那你說，你爲什麼要這麼做？」周夜蒼有些生氣，卻也隱隱有些期待。

有沒有可能皇甫絳會說出自己想聽的那些話？

周夜蒼一直盼望著奇蹟發生，盼望著皇甫絳也會愛他的奇蹟。

「到了，開門。」走出電梯，來到周夜蒼的租屋處，皇甫絳的口氣如同命令一般。

就像以前一樣，皇甫絳總是以自己爲中心，想要做什麼就做什麼。

「你不說清楚，我就不會開門。」周夜蒼想打破砂鍋問到底。

「我要上你。」

「我不是指這個！」周夜蒼看著皇甫絳，「我是要你說清楚，你知道如果這麼做，我們就回不去以前的關係了嗎？」

「我們早就越過了那條線，不是嗎？」皇甫絳說完，又上前吻住了周夜蒼。

是啊……是啊……

自他們相識以來，就始終不是單純的朋友關係。

周夜蒼在心裡自嘲，他何必什麼都要問明白，他很清楚皇甫絳最後會做出什麼選擇，他還是會跟以前一樣，選擇女生，不是嗎？

「如果我是你，我一定會更努力綁住皇甫絳，就算毀了他的人生又怎麼樣？我一定會把他留在我身邊！」

承受皇甫絳的親吻時，周夜蒼想起了袁晴說過的話，也想起了過往的種種，對於沒和皇甫絳進展到最後一步，周夜蒼曾經既慶幸又遺憾。

可是既然皇甫絳終歸都會回到他所謂的正常世界，那麼就算自己和皇甫絳進展到最後一步，又會改變什麼呢？

況且，這對皇甫絳不會有任何損害，至於對自己……周夜蒼閉上眼，不想繼續思索下去。

應該可以趁著這個機會完全擁有皇甫絳吧？就算只能擁有他一個晚上……

「進去吧。」周夜蒼冷靜地看向皇甫絳，隨即轉身打開了租屋處的大門。

皇甫絳站在門口停頓了下，最後踏進玄關，關上了門。

✦

他一直都在猶豫。

身爲皇甫絳，大多數時候他想做什麼、該做什麼，他都很清楚，不會停頓或是徬徨。

唯獨對周夜蒼不一樣。

皇甫絳利用了藉口，也利用了黑律言，以「友情」的名義把周夜蒼綁在身邊。

他之前認定袁晴是煙霧彈，所以他並不是很在意周夜蒼和袁晴走得很近，但隨著時間一久，他難免開始懷疑起周夜蒼和袁晴的關係。然而即便那兩人眞的在一起，他或許都還勉強能說服自己：至少周夜蒼選擇在一起的對象是女生，至少……這麼一來大家都能走在正常的道路上……

然而當皇甫絳看到林佑一出現，想著周夜蒼與自己曾經做過的那些事，周夜蒼也很有可能會和林佑一做，皇甫絳便坐立難安了起來。

並且在最關鍵的時刻，周夜蒼居然選擇了林佑一，而不是他。

當皇甫絳看著周夜蒼跟著別的男人離開他時，他的內心充滿憤怒與強烈的哀傷，一顆心彷彿緊緊地糾在一起。就像他每一次看見周夜蒼的感覺，總是喜悲交雜，難以說清楚自己的感受。

皇甫絳每次都想將周夜蒼擁入懷中，也每次都想將他推開。

然而今天皇甫絳來到周夜蒼的租屋處，卻親眼目睹林佑一與周夜蒼親吻，周夜蒼還邀請林佑一到他的住處。那一瞬間，皇甫絳什麼都無法思考了，把現實、未來，以及長久以來的擔憂都拋到腦後。

皇甫絳想起高中的那個午後，周夜蒼也曾邀約自己去到他的房間，要是那時候周夜蒼的父母沒有回來，現在自己和周夜蒼會是什麼關係？

高中那時，皇甫絳明明認定自己只喜歡女生，不可能與周夜蒼有任何未來，卻能毫無顧忌地碰觸周夜蒼，這又是因爲什麼？

眞的只是因爲年輕不懂事嗎？

眞的只是沒有考慮到這對未來有什麼影響嗎？

還是，只是勇敢地為愛奮不顧身？

皇甫絳告訴自己，不能永遠躲在自己製造的殼裡，假裝沒有那些情愫的存在。

「我要抱你。」皇甫絳靠向周夜蒼，他四年前就該這麼做了。

✦

彷彿回到十六、七歲那段時期，皇甫絳的心跳得飛快，他還記得在幽暗的樓梯間裡發生過什麼事，也記得周夜蒼身體敏感的地方。

那些濃墨重彩的回憶，色澤與質地都依舊清晰如昨。

皇甫絳親吻著周夜蒼的嘴唇、肩膀，最後移動到了他的胸前不斷舔舐著。

禁不起皇甫絳如此撩撥，周夜蒼嘴裡無意識地發出呻吟。

感覺到周夜蒼放鬆了身體，不再抗拒，皇甫絳的手趁勢移動至周夜蒼的下腹，握住了他。

「啊……」周夜蒼忍不住低低叫出了聲音。

皇甫絳的手上下套弄著周夜蒼，儘管時隔已久，他依然懂得如何能讓周夜蒼舒服。

周夜蒼很快射了出來，他臉上一片潮紅，失神地望著天花板。

「怎麼這麼快就忍不住了？」皇甫絳調侃他。

「換我幫你……」

周夜蒼頗爲不好意思，正欲起身，卻被皇甫絳一把按回床上。

「不用，只要你舒服就好。」

「但是我……也想讓你舒服。」

看著周夜蒼紅著臉說出這句話，皇甫絳心中一動，更多與周夜蒼的過往撲面而來，他一時有些恍惚。

「我知道了。」

皇甫絳不想違逆周夜蒼的好意，便鬆手讓他坐起來。

起先皇甫絳以爲周夜蒼只是想用手幫他，不料周夜蒼竟俯下身，張口含住了他。

「喂——」

皇甫絳先是驚呼一聲，過沒多久，在周夜蒼唇舌的舔弄下，一記破碎的的呻吟從他的喉嚨中溢出。

這是周夜蒼第一次覺得自己取悅到了皇甫絳，他感到無比的喜悅，這讓他想要爲皇甫絳做更多……

「夠了！」皇甫絳忽地推開他。

「你不舒服嗎？」受到拒絕，周夜蒼沮喪地垂下頭。

「不是……你……該死！」皇甫絳撲上去將周夜蒼壓在身下，質問他，「這些你是去哪學的？你跟誰做過了？」

爲什麼技術變得這麼好？這句話皇甫絳問不出口。

滿腔妒意在皇甫絳心中冉冉升起，他很在意周夜蒼是否已經跟別人上過床了？是剛剛樓下那個男的嗎？

「我、我沒跟任何人做過。」周夜蒼有些驚慌，飛快看了他一眼，又別過眼睛小聲加上一句，「只有你。」

周夜蒼的回答令皇甫絳愣住了，隨即感到一股難言的狂喜。

這麼多年來，周夜蒼只有過自己。

再也無法克制，皇甫絳拿起一旁拆開的保險套套入手指，抹上潤滑液後，便將手指伸進了周夜蒼的身體。

「啊……」周夜蒼羞得用手捂住臉，不想讓皇甫絳看見自己的表情。

皇甫絳拉開了他的手，「不要遮。」

皇甫絳想要看見周夜蒼的全部，他要將一切盡收眼底，要記得周夜蒼在他身下的每一個反應，每一次哭喊。

待前置作業準備得差不多，皇甫絳撕開了第二個保險套包裝袋，熟練地爲自己戴上。

「我們……終於走到這一步了。」

他俯下身輕輕吻了下周夜蒼的額頭，之後便毫不猶豫地一挺而入。

「啊——」周夜蒼倒抽一口氣，眉頭皺緊，眼眶盈滿了生理性的淚水。

皇甫絳虔誠地吻去了周夜蒼眼角的淚，輕聲問：「會痛嗎？」

「不、不會……」周夜蒼像隻缺氧的金魚般張口喘著氣，想要適應那股不適感，但同時又有另一種說不清道不明的感覺漸漸湧上。

「我要繼續了，盡量不弄痛你……」皇甫絳咬緊了下唇，緩緩退出，又緩緩進入。

皇甫絳的溫柔，令周夜蒼的眼淚掉得更洶湧了。

「絳……絳……」相識這麼多年，這是他第一次喊出皇甫絳的名字，可能也是最後一次。

經過這一夜，這個男人的擁抱不會再屬於自己。

想到這裡，周夜蒼忽然感到一陣強烈的傷感。

但他還來不及傷感太久，皇甫絳隨即加快了律動的速度，一波波快感如潮水般湧來。

完事之後，皇甫絳沒有放開周夜蒼，依舊抱緊了他，兩人汗涔涔的肌膚相貼，不留一絲空隙。

「周夜蒼，我愛你。」皇甫絳貼在他的耳邊說。

「你說什……」

周夜蒼覺得自己大概是被極致的快感沖昏了頭，才會產生幻聽。

「我們……在一起吧。」

皇甫絳思考了四年，終於找到了答案。

那份屬於他和周夜蒼之間的無以名狀的情感，是愛情。

無庸置疑。

✦

「你不能去了？」林佑一在電話中聽到令他震驚的消息，「爲什麼？」

「對不起……我、我想清楚了，我沒辦法跟你交往。」

「啊啊……這還眞是雙重打擊。」林佑一往後癱在椅背上，「這是怎麼回事？昨晚不是好好的嗎？難道是我太心急，嚇到你了？」

「不是，是我……」周夜蒼語氣吞吞吐吐。

林佑一隱約聽見電話那頭傳來像是親吻的聲音，心中閃過一個猜測，「難道……

不是我想的那樣吧？有人先下手爲強了？」

周夜蒼不知道該怎麼回答，只好選擇默認。

林佑一恨恨地想，早知道就別裝什麼紳士，那天直接上樓不就好了！

不對，根據林佑一對周夜蒼的了解，即便他上樓了，兩人眞發生了什麼，最後周夜蒼還是會選擇回到那個直男身邊吧。

自始至終，周夜蒼愛的都是那個人。

「周夜蒼，沒關係，我原本也只是想趁虛而入。」林佑一大度地說，隨後嘆了口氣，「但是你明明知道……直男有一天還是會回去那個世界的。」

周夜蒼的手指握緊了手機，沒有作聲。

「到時候，你會傷得更重。」

「至少，我們現在在一起……我也願意相信現在的他。」周夜蒼看著正親吻著他的腹部的皇甫緈。

聽到周夜蒼這番話，皇甫緈露出微笑，抱緊了周夜蒼。

「能這樣是最好的。」林佑一在電話那頭笑了，「祝你幸福。」

「眞的……對不起。」

「沒事，不必說抱歉。」林佑一笑著掛掉了電話。

林佑一看著貼在一旁牆面上的眾多合照，有個男生出現在照面裡的頻率極高，他盯著那男生的臉，眼帶憂愁。

突然一陣敲門聲響起，林佑一走過去開門，照片中的男生出現在房門口。

「林佑一，晚上我女朋友要過來，要不要一起點外送？」

「你女朋友要來？那我還當什麼電燈泡。我出去外面住一晚，讓你們獨處。」林佑一故意調侃他。

「幹麼這樣啦！當初一起租房子就是爲了省房租，你老是出去住旅館，不是很本末倒置嗎？」男生有些不好意思。

「但是你們晚上很吵啊。」林佑一把話挑明了講。

「呃……今天不會啦，她生理期來。」男生笑著解釋，「所以晚上叫外送一起吃啦，我女友也說她很少看到你！」

「……知道了。」林佑一的笑容在門關上後便止住了，他的目光落向虛空，輕輕嘆息。

「喜歡的人剛好也喜歡自己，這種奇蹟本來就很難遇到。」

這句話與其說是林佑一說給周夜蒼聽的，不如說是說給自己聽的。

「眞羨慕你啊，周夜蒼。」林佑一喃喃道。

「我真的是除了『幹』不知道要說什麼欸。可你們確實也幹了，你幹他、他幹你，所以真的只有幹。」

「袁晴，妳講話怎麼越來越沒水準了。」周夜蒼實在拿袁晴沒辦法。

他今天約袁晴過來租屋處，當面告訴她自己和皇甫絳在一起了。

「你知道嗎？我的感覺很複雜，一路從小學看著你到現在，看著你和皇甫絳糾纏不清、看著你被傷害、看著這些年皇甫絳當縮頭烏龜。結果林佑一這個天菜出現了，皇甫絳卻又來亂……」袁晴深深地嘆氣，「但是你一直以來都愛著皇甫絳。」

「嗯，一直以來。」周夜蒼從來沒有這麼坦率地承認，自己愛著皇甫絳。

「要是皇甫絳以後敢拋棄你，我這次真的、真的會拿刀砍他。」袁晴眼眶含淚，衝過來抱緊了周夜蒼，「恭喜你，我真的好為你開心。」

周夜蒼也抬起雙臂擁抱袁晴，「謝謝妳，一直以來都是妳在我身邊支持我。」

袁晴吸吸鼻涕，難得露出有點傻氣的笑容，「其實我有時候會想，皇甫絳這樣逃避了這麼多年，不願意承認他也愛你，會不會也是一種心理上的疾病？」

「妳怎麼會這麼想？」

「繆子倫……他沒辦法碰我，應該是一種心理疾病吧？如果我跟你一樣有耐心，在那次繆子倫嘔吐的時候，我不是選擇離開，而是留下來陪伴他，會不會現在……我也能和他在一起？就像你跟皇甫絳一樣？」

周夜蒼握緊袁晴的肩膀，「別胡思亂想了，人生本來就充滿變化，不是非此即彼，所以不要想太多，把自己困在過去。」

袁晴微微扯動嘴角，「我只是假設。」

兩個人又稍微聊了一下，袁晴便說要走了。

「要回去了？今天不在這睡？」周夜蒼看了看時間，已經十一點多了。

「喔，不要。」袁晴嫌惡地看了一眼床鋪，「你跟皇甫絳躺在上面做過。」

周夜蒼臉上泛起紅暈，「我們清理過了！」

「哈哈哈哈，鬧你的啦。」袁晴跑到玄關穿鞋，「對了，你應該是受沒錯吧？」

「……無可奉告。」

袁晴揚起俏皮的笑容，她最好的朋友能獲得幸福，對她來說就是最美好的事情。

走出周夜蒼租屋處，袁晴踩著輕快的腳步下樓，一打開樓下大門，便看見坐在機車上的皇甫絳。

「袁晴。」

「嚇死人了，你怎麼會在這？」袁晴沒好氣地看著皇甫絳，而他將安全帽丟給她。

「我送妳去搭捷運。」

「不用吧！幹麼這樣，好怪！」袁晴做了個鬼臉。

「妳是周夜蒼的好朋友。」皇甫綘簡短地說完，就發動了機車。

「哼，把我送去捷運站後，還不是急著去找他上床。」袁晴撇撇嘴，故意揶揄皇甫綘。

「對，沒錯，所以妳別拖時間。」

皇甫綘根本不知害羞爲何物，反倒是袁晴先感到害臊。

「你眞的是……難怪周夜蒼拿你沒輒。」袁晴搖頭，戴好安全帽後，坐上皇甫綘的機車後座，「我警告你，不要哪一天忽然又說什麼還是女生最好，或者是要爲了符合世俗的期待去跟女生結婚。我眞的會去買凶殺你，你知道嗎？」

「哈哈，我家族裡幾乎每一個人都是律師耶，妳要是殺了我，妳也絕對逃不掉的。」

「皇甫綘！」

「知道啦，我不會的。」皇甫綘語氣堅定。

他這次是眞的想清楚了。

他花了四年才釐清自己對周夜蒼的感覺，覺悟了周夜蒼對他的重要性。

因此，他永遠不會再放開周夜蒼。

即便要拋下皇甫這個姓氏，他也有把握，只要和周夜蒼在一起，哪裡都是他們的世界。

✦

皇甫綘和周夜蒼兩人的關係，既沒有完全公開，也沒有刻意隱瞞。時間過去幾年，他們一個成爲了爲青海集團服務的皇甫律師，一個開了諮詢診所成爲諮商師。

黑律言和朱盈分手了，最後投身到教育界，成爲了老師。

儘管兩個人也有過冷戰、爭吵的時候，但皇甫綘和周夜蒼都沒想過要分手。連動過這樣的念頭都沒有。

「今天黑律言難得主動約我們見面，你就別鬧脾氣了。」皇甫綘握著周夜蒼冰冷的手，低聲下氣哄著他。

「不是我鬧脾氣，你自己說過不會理你爸安排的相親，但你還是去了！」周夜蒼爲了這件事不滿很久，與皇甫綘冷戰好長一段時間。

甚至還幼稚地宣稱，只要有皇甫綘在場，他就不會去聚會，讓黑律言夾在中間左右爲難。

「我不是解釋過了嗎？那不算是相親，我們只是共同審理一件案子，所以才會比較常見面。那個女生也有喜歡的人了，我爸的計謀沒用的啦。」

皇甫絳和周夜蒼的關係，雙方父母都是知道的。

皇甫絳的媽媽很快就接受了，倒是皇甫絳的爸爸一直不願意面對。過了幾年，見兩人始終穩定交往，皇甫絳的爸爸似乎也漸漸放下了成見，偶爾會和周夜蒼、皇甫絳一起吃飯。

不過或許是還沒完全放棄要抱孫的希望，皇甫絳的爸爸有時會忽然要求皇甫絳去相親。

「我準備了這個。」皇甫絳從一旁的大衣口袋裡拿出一個方形的小盒子，在周夜蒼面前打開，裡頭是一對銀戒，樣式簡單大方。

「……你什麼意思？」周夜蒼的嘴角已經隱藏不住笑意，但還是裝作無所謂的樣子。

「現在同性結婚合法了，你知道吧？」

「哼……」

「當然，這不是真正的婚戒，只是暫時的。」皇甫絳將戒指戴到周夜蒼的中指上，「未來有一天會有真的。」

「所以這是假的囉？」周夜蒼拿起戒指，也幫皇甫絳戴上。

「你明知道我是什麼意思。」皇甫絳吻上了周夜蒼，卻立刻被推開。

「黑律言來了啦！」周夜蒼低聲說。

「又沒關係。」

這麼多年過去，他們在黑律言面前始終沒有說破兩人的關係，但總感覺黑律言也並非全然不知。

「你們來得好早，今天天氣好冷。」黑律言走過來坐下，三個人開始閒話家常。

「所以黑律言，你急著找我們幹麼？」

黑律言放下手裡的杯子，「想說已經有段時間了，覺得還是應該要告訴你們。總之，我有女朋友了。」

皇甫絳和周夜蒼瞪大眼睛，手上的動作齊齊停止。

周夜蒼想起自己在一年多前曾經陪黑律言去看電影，當時黑律言在電影院裡目睹一個女孩和男伴有說有笑而醋勁大發。最後還是他出手引開了女孩的男伴，讓黑律言帶走那個女孩。

「是上次那位嗎？」周夜蒼忍不住問。

「對，從那天之後就在一起了。」

「太見外了吧，交往多久了？快兩年？爲什麼現在才講？」皇甫絳挑眉，沒想到他們三個作爲好朋友，沒向對方坦承的祕密還眞多。

「因為那時候她才十七歲。」

黑律言輕描淡寫地表示女朋友是自己任教高中的學生，雖然交往時對方還未成年，但現在已經滿十八歲了，也考上了K大，等一下會過來加入聚會。

片刻後，顏允茵出現了，雖說才十八歲，然而她看起來並不若皇甫絳所想像得稚嫩，甚至可以說十分成熟美艷。

「完全是你高中時會挑的類型。」周夜蒼故意在一旁打趣道。

「哈哈。」皇甫絳勉強扯了扯嘴角。

「啊，他高中曾經有過一段淫亂的時光。」周夜蒼補充。

顏允茵聞言尷尬一笑。

「大學也有。」黑律言又補上一句，接著驀地注意到他們兩人手上的戒指。

「啊，這個。」皇甫絳察覺到他的視線，二話不說牽起周夜蒼的手，十指緊扣。

顏允茵有些驚訝地看著他們。

「既然今天是坦白大會，那就順便說一下，我們兩個從大三就開始交往到現在。」皇甫絳這麼突然地對黑律言出櫃，讓周夜蒼一瞬間不知道該怎麼反應。

「啊？」黑律言卻一臉莫名，「你們有在隱瞞嗎？我早就知道了啊。」

「什麼？」皇甫絳和周夜蒼異口同聲。

「哇！」顏允茵充滿興趣，「比起黑律言的大學生活，我更想聽你們的高中生活。」

「這……妳怎麼對他們比對自己的男朋友還有興趣啊？」黑律言抱怨。

顏允菡挑眉，「對於你，如果我眞的有心想知道的話，請北野晴海幫忙，什麼都查得到喔！」

「北野晴海？你是說青海集團的公子嗎？」

「公子……」周夜蒼覺得皇甫絳用的稱謂很有趣。

「他也是律師，負責處理青海集團的法律相關業務，之前《惡魔勇者兵團》的票都是透過他……」

「我是透過青海集團拿到那些票的。」皇甫絳補充。

「原來如此！」所有的線索都拼湊起來了，顏允菡不由得感嘆，這個世界還眞小呢。

「那我可以問問題嗎？你們是在什麼樣的情況下，確認彼此的心意呢？」

這明明是個很尋常的問題，皇甫絳聽了卻露出詭異的微笑，「啊，這可以說嗎？不過妳也十八歲了，應該可以聽，反正妳和黑律言一定也什麼都做過了吧？」

「皇甫絳！」黑律言和周夜蒼齊聲大喊。

身爲多年好友的三個人，他們都曾經在愛情這條路上有過痛苦與掙扎，或許路程不是太輕鬆，但繞點遠路，或是摔個幾跤，甚至迷了路，這都是必經的過程。唯有堅持前行，才能抵達心嚮往的地方。

而所愛的那個人，會在那裡等你。

全文完

後記

逃避是我們最常選的路

呀，大家好，終於來到這個系列的第三本啦。

當時告訴過大家，這個系列的題材在世俗標準裡會顯得稍微禁忌些，而且部分劇情也會比較露骨。

無論是《謊言後遺症》、《親愛的，這也是戀愛》，還是現在這一本《暗戀是憂鬱的青色》，都有床戲情節。

喔，這一本是床戲最多的一本就是了。

過去我看過很多BL漫畫，但從來沒想過有一天自己會嘗試寫BL小說，畢竟畫面和文字是有差別的。

但是在創作這個系列的時候，我忽然萌生一個念頭：是不是該寫寫看BL呢？畢竟身為腐女多年，感覺好像可以嘗試看看。

可是……到底該怎麼寫呢？

儘管我看過很多BL漫畫，但並沒有看過BL小說，所以不太確定到底該怎麼處理部分的細節，跟男女戀愛故事的寫法一樣嗎？應該會不一樣吧？

接著，我想起自己曾經想買某本BL漫畫，結果不小心買到小說，當時也沒想過要看，就直接堆在書櫃裡，於是我便把那本小說找出來看。

嗯，看完是看完了，但還是抓不到BL小說該怎麼寫，哈哈哈。

所以我上網查詢BL小說和一般小說有何不同，忽然看到有人留言寫了一句：「如果寫BL小說還是用BG寫法，只是角色換成男男，那就不要寫了。」

果然是不一樣的吧！那到底該怎麼辦？

這時候我又看到有人表示：「都寫BL了，就不要害羞，該寫的就要寫！」

OK，我聽進去了。

所以我一路摸索，完成了《暗戀是憂鬱的青色》。

結果最後好像寫得太露骨，差點變成小黃書了，哈哈哈，所以校稿後刪除掉許多床戲描述，畢竟這本書是普遍級呀！

不過，這真的很難取得平衡XD。

這是我寫的第一本BL小說，希望大家能夠喜歡（很害怕）。

最初創作皇甫絳和周夜蒼這兩個角色的時候，我就決定要把他們配成一對了，也在《謊言後遺症》留下了許多伏筆，不少比較敏感的小Misa讀完後便問我：「這個系列是不是有一本會是BL，而且主角是周夜蒼和皇甫絳？」

沒錯沒錯，你們都很聰明！但在BG系列穿插一部BL，老實說我有一點擔心，畢竟看我的書的也有男讀者，他們能接受嗎？有蒐集系列習慣的讀者在購入、閱讀後，是否會感覺自己被騙了？

總之我一邊懷抱著擔心，一邊又寫得很愉快。

假設有一天，你發現你對同性產生了好感，你會怎麼辦呢？

先別說不可能。

隨著年齡增長，我越來越相信所謂的「原則」、「喜好」、「堅持」等，都是因爲我們還沒有遇到能打亂一切的那個人。

也就是說，沒有絕對的直男直女，只是還沒有遇到可以擾亂你的心的同性。當然，也是有可能一輩子都不會遇到那個人。

而皇甫絳，就是在這樣的情況下，遇見了周夜蒼。

有些人會選擇用激烈的方式面對不想承認的感情，例如林佑一。

有些人會選擇用玩笑的方式逃避，但卻又無法眞正離開，例如皇甫絳。

有些人則會害怕受傷，所以不肯承認那就愛，例如周夜蒼。

其實不管是同性戀還是異性戀，面對愛情，還是有很多人不夠勇敢。這並沒有絕對的對錯，畢竟很多時候愛或不愛還會參雜許多現實的因素。

如果可以，當然還是希望大家能勇於追求所愛，可是在現實中，無能爲力的情況有時更多。

所以至少在小說裡，我希望一切都能變得容易許多，只要你付出努力、你夠勇敢，你不逃避，就能得到好的結果。

即便是一段禁忌的愛情，我也會讓它開花結果。

下一本終於是這個系列最後一本了，目前透露的線索最少，也是讀者最難猜到主角和劇情主軸的一本。

其實下一本的男女主角都已經在系列作裡出現過了，只是不好找，期盼能爲你們帶來驚喜。

若你看完了《暗戀是憂鬱的青色》，也歡迎告訴我感想，我在這裡戒愼恐懼地等待著！

那我們下次見啦！

Misa

國家圖書館出版品預行編目資料

暗戀是憂鬱的青色／Misa著. -- 初版. -- 臺北市 ：
城邦原創股份有限公司出版：英屬蓋曼群島商家
庭傳媒股份有限公司城邦分公司發行, 2022.05
面；公分. --

ISBN 978-626-95940-5-4（平裝）

863.57 111006874

暗戀是憂鬱的青色

作　　者／Misa
企畫選書／楊馥蔓　　行銷業務／林政杰
責任編輯／楊馥蔓、林辰柔　　版　　權／李婷雯

網站運營部總監／楊馥蔓
副總經理／陳靜芬
總　經　理／黃淑貞
發　行　人／何飛鵬
法律顧問／元禾法律事務所　王子文律師
出　　版／城邦原創股份有限公司
台北市南港區昆陽街 16 號 4 樓
電話：(02) 2509-5506　傳眞：(02) 2500-1933
E-mail：service@popo.tw
發　　行／英屬蓋曼群島商家庭傳媒股份有限公司城邦分公司
聯絡地址：台北市南港區昆陽街 16 號 8 樓
書虫客服服務專線：(02) 25007718．(02) 25007719
24小時傳眞服務：(02) 25001990．(02) 25001991
服務時間：週一至週五09:30-12:00．13:30-17:00
郵撥帳號：19863813　戶名：書虫股份有限公司
讀者服務信箱 email：service@readingclub.com.tw
城邦讀書花園網址：www.cite.com.tw
香港發行所／城邦（香港）出版集團有限公司
地址：香港九龍土瓜灣土瓜灣道 86 號順聯工業大廈 6 樓 A 室
email：hkcite@biznetvigator.com
電話：(852)25086231　傳眞：(852) 25789337
馬新發行所／城邦（馬新）出版集團 Cité(M)Sdn. Bhd.
41, Jalan Radin Anum, Bandar Baru Sri Petaling,
57000 Kuala Lumpur, Malaysia.
電話：(603) 90563833　傳眞：(603) 90576622
E-mail:services@cite.my

封面設計／Gincy
電腦排版／游淑萍
印　　刷／漾格科技股份有限公司
經　銷　商／聯合發行股份有限公司
電話：(02)2917-8022　傳眞：(02)2911-0053

■ 2022 年 5 月初版
■ 2024 年 8 月初版 5.6 刷
Printed in Taiwan

定價／300元

ISBN　978-626-95940-5-4

POPO城邦原創 www.popo.tw　城邦讀書花園 www.cite.com.tw